KB139428

타르초, 타르초

김형술 시집

시인

의

말

산중턱에 저수지가 있었다.

저수지에 물이 차오르려면 비가 와야 한다.

하지만 비가 오지 않은 어느 새벽에

산은 말없이 저수지에 물을 채워놓곤 했다.

제 속 어디에 그런 맑은 물을 숨겨놓았는지

슬그머니 물을 꺼내 흘려놓아서

감자, 깨, 고추, 호박 따위

제 등에 기대어 시들어가는 목숨들을

먹여 살리곤 했던 것이다.

아버지는 또 그런 사실을 어떻게 아시고

이른 새벽의 이슬바심으로 산을 오르시곤 했다

나는 왜 시를 쓰고자 하는가.

내 언어는 과연 시가 될 수 있을 것이며

세상에서 어떤 쓸모를 가질 것인가.

끝나지 않는 이 진부한 질문의 끝에는

늘 스스로 차오르는

산중턱의 저수지 하나가 있다.

차례

해설

□ 한 연이 첫 번째 행에서 시작될 때는)로 표시합니다.

구름 쪽으로

구름은 늙지 않는다
구름에겐 나이가 없다
끊임없이 몸을 바꾸며 달려가다
문득 흔적 없이 흩어지는

구름에겐 무덤이 없다
묘비명 따위를 가지지 않는
완벽한 가벼움을 본능으로 가져

햇빛을 들어 올리고
온몸으로 바람을 입으며
제 스스로 몸을 허물고 세워

찰나와 영원의 경계를 허문다

날마다 죽어
날마다 새롭게 태어나는
저 완벽한 생애

어깨 위에 집을 얹고
온몸에 주렁주렁
거울과 서랍을 매단 채
누군가 햇빛 속을 걷는다

바람 한 점 없는 여름 한낮
구름 쪽으로

타르초*, 타르초

빨랫줄에 걸린 빨래를 입는 건 햇빛
아이를 입고 노인을 입고
어머니와 애인과 아내를 입고
발자국 없는 햇빛이 허공을 걸을 때

빨랫줄에 걸린 사람들을 읽는 건 바람
노래, 한숨, 비명, 침묵이라는
세상에서 가장 두텁고 무거운 책
한 올 한 올 읽고 한 벌, 두 벌 읽어
기꺼이 하늘로 풀어 올리네

구름 사이 햇빛의 보폭을 쫓아
세상 모든 숨은 목숨들 헤아리는
저 가벼운 바람의 독서

어떤 날은 읽히고
어떤 날은 캄캄한
청맹의 나날, 열독의 시간 사이로

펄럭이는 목숨들
출렁이는 노래들을 매달고
달려가는 빨랫줄의 팽팽한 질주

굳이 소리 내어 읽지 않아도
어딘가에 따박따박 새기지 않았어도
타르초, 타르초 네 몸이 깃발
먼 설산 신성한 경전이라 속삭이는

빨래를 걷는 일은 하늘에의 경배
까치발을 딛고 활짝 두 팔을 벌려
햇빛과 바람 쪽으로 오체투지

그리고 날마다
새롭게 태어나는 생애들

* 타르초: 티베트 불교의 경전을 인쇄한 깃발.

밤비행기

제 몸속 화안하게 불 밝힌
새 한 마리 어둠 헤치고 날아온다
우렁우렁 큰 목소리로 울며
잠든 숲과 들판을 깨우며
악몽의 나날 한가운데로
내려앉는다

딸깍, 어둠이 켜진다

비늘 속 흰 뼈와 푸른 핏줄
모두 들여다보이는 투명한 몸 반짝이며
뱀들 풀섶에서 기어 나온다

금분 눈부시게 흩뿌리며
나비떼 날아올라 꽃으로 피고
뿌리에서 잎맥까지 등불을 켜든
나무들 세상으로 걸어 나오니

눈부시다
눈부시게 한데 어우러진다

아무렇게
아무렇지 않게 살아 있는 것들끼리
서로 쓰다듬고 보듬고 얽히는
황홀한 향연

내 몸도 화안해진다
온밤 내 남김없이 헤아려보는
뼈마디, 핏줄마다 새겨져 있는
얼룩들, 발자국들

우렁우렁 큰 목청으로 노래하며
불빛으로 제 몸속 따뜻하게 밝힌
커다란 새 한 마리

잠들지 못하는 숲을 끄고

뒤척이는 마을을 재우고
청벽색 새벽을 깨우며 날아간다

미처 끄지 못한 강물 속엔
여전히 잔별빛으로 반짝이는
물고기, 물고기떼

사월

저녁 무렵 벗나무는 분홍 구름을 낳았다. 체육관 넓은 창문 너머 태어나는 둥근 구름의 행렬. 기다렸다는 듯 달려온 어둠이 구름을 키운다. 살진 구름, 구름들 몸피 점점 부풀자 어둠은 툭, 구름을 놓아버린다. 무겁다, 무겁다는 듯 등 떠밀어 하늘로 밀어 올린다.

점.점.점
허공으로 떠오르는 지상의 무게들.

밤까마귀 운다. 구름에서 날아 나온 까마귀 한 마리 창틀에 내려앉아 실내를 엿본다. 휘이휘이 손사래에도 날아가지 않는다. 눈을 마주쳐온다. 사람을 들여다보는, 사람 너머 먼 곳을 응시하는 까마귀 눈 속 검고 아득한 허공.

누군가 발을 헛디딘다.
누군가 쿵 제 발등 위로 덤벨을 떨어뜨린다

날개를 펼친 커다란 까마귀들 창문 가득 거꾸로 매달려

있다. 러닝머신의 속도를 올리고 전속력으로 까마귀를 향해 달려가는 사람들, 젖은 어깨마다 검은 날개들 돋아난다. 발자국 소리, 쿵쾅거리는 음악 소리 사이, 낮고 무거운 까마귀 울음소리 뒤섞이는

　늦은 밤 벚나무는 분홍 무덤을 낳았다. 까마귀떼를 숨긴 둥근 꽃무덤, 밤이 깊을수록 선명해진다. 백열등 아래 땀으로 번들거리는 몸들 하나 둘 창밖으로 걸어 나간다. 무덤과 무덤 사이 허공을 걷고 달린다.

　텅 빈 실내 가득 수많은 까마귀떼 날아와 앉아 있다.

바닷가 여인숙

문을 열자 바다였다

바다를 열자 벽이었다

불쑥불쑥 흰 칼날을 들이밀며
마주 누워오는
무겁고 차가운 벽

서슬 푸르게 솟구쳐 올랐다
서슴없이 몸을 던져 허물어지는

허물어져 뒷걸음질 쳤다
달려와 다시 으르렁거리며
기어이 수평선을 딛고 일어서

귀를 찢고 입을 틀어막으며
살아 날뛰는 저 사나운 벽 속에서 달려 나오는
푸른 동맥 툭툭 불거진 거대한 혀

한 번도 답하지 못한

평생 답하지 못할 질문들을 던진다

펄럭펄럭

흔들리는 내 몸속 미친 말들의 집

문을 열자 바다는 없었다

첩첩 어둠을 적시며 걸어오는

축축한 혀들뿐

노래꾼

거위들을 모두 불러들였다. 겨울 저녁은 들일 나간 부모보다 늘 한발 앞질러 온다. 암소는 외양간에, 염소는 헛간 처마 밑에. 허술한 저녁을 뜨자마자 칼바람 흐르는 골목길을 숨차게 달려왔지만 느티나무집 아래채 댓돌 위엔 벌써 검은 고무신 가득 흩어져 있고 호롱불 매캐한 연기는 방 안에 가득 차 있고

느티나무 마른 가지에 걸린 어린 별들 후드득 몸을 떨 때 느티나무집 누이의 이야기는 벌써 마을을 떠났다. 뒷산 저수지의 천 년 묵은 이무기 여전히 장화홍련의 치마폭을 노리고 황금봉황은 선녀들 거느려 구름 헤치고 마을로 내려온다. 엉덩이 뿔난 아이들을 노리는 눈썹 흰 늙은 호랑이, 구미호 아홉 꼬리엔 여의봉이 달렸는데

붉은 눈, 붉은 눈. 집채만 한 능구렁이의 원한으로 피맺힌 눈. 솔장작 지핀 구들장은 솜이불을 태워도 동네 아이들 검푸른 눈 화등잔만 해져서 온몸이 사시나무다. 바지춤에 오줌을 지린다. 천지를 뒤흔드는 인당수의 폭풍, 거울 속에서

뛰쳐나오는 전우치의 소맷자락. 월하의 공동묘지에 안개 여즉 자욱하고 춘향 끝내 이몽룡의 가슴팍에 안길 때쯤

거두절미, 누이는 두 손을 쑥 내민다. 이야기 값을 내놓아라. 세상 공짜는 아이들 머리카락을 뺏는단다. 눈깔사탕 반 알어치 동전도 없는 아이들 손바닥 빨개지도록 박수를 친다. 추녀 속 잠든 참새들 포르르 불러내고 굴뚝 속의 굴뚝새 잠꼬대를 흔들며 쏟아지는 천진한 박수 소리 장단 삼아

쑥대머리 귀신형용 적막옥방에 찬 자리*, 임방울이며 김초향, 옥중가며 심청가, 앞서거니 뒤서거니 추월만정秋月滿庭의 이화중선, 굴리다가 흘러내리는 목, 끌어올리다 내던지는 목, 끊는 목, 감는 목, 다루치는 목, 폭깍질 목. 세상 모든 노래를 다 아는 누이의 목청이 온 마을을 깨울 때쯤 어김없이 방문을 후려치는 노할매 노한 목소리. 휘휘 굽은 박달지팡이

요망한 년, 잔망스런 년, 전생에 무슨 죄 많은 짐승이었기

에 저리 많은 신명과 눈물 저 작은 몸뗑이에 담았단 말이고.
하늘도 무심하시지, 앞도 못 보는 저런 물건을……

　박수도 없이 황급히 노래는 끝났다. 찬 별빛 와르르 댓돌
위로 쏟아져 내리고 골목마다 버석버석 살얼음꽃 피었다.
삼삼오오 흩어지는 아이들과 헤어져 돌담길을 돌고 고샅길
접어들어도 여전히 그림자를 밟는 노랫소리. 무덤 근처 선
나무는 상사목이 될 것이니 생전사후 이 원통을 알아줄 이
가 뉘 있으랴* 말, 어깨를 짚는 누이의 청맹, 가슴에 서걱이
는 서늘한 귀곡성.

---

* 판소리 춘향가 중 '쑥대머리' 부분.

유령놀이

굳이 들여다보지 않아도 알지
침대 아래 살고 있는
주정뱅이 유령 하나

아침 거울 속에서 눈을 마주치면
비누 거품 속으로 재빨리 숨지만
놓칠 뻔한 만원 지하철역에서
왈칵 몸을 떠밀어주고

깜빡 졸다 빗나가는 모니터 속
한낮의 숫자들
더러 일으켜 세우기도 하지만

태연자약 식탁에 앉아
가족들과 함께 콩나물국을 뜨고
감 놔라 배 놔라 시시콜콜
살림살이에 잔소리를 해대다니

〉

유령 주제에
헛것 주제에

시간 이전의 시간과
시간 너머의 시간 속으로
이리저리 잠을 끌고 다니다

더러 어머니
외눈 달린 도깨비
달 없는 밤의 깊은 우물 속
떠오르는 눈빛으로 몸을 바꾸며

빈 새벽 머리맡에 우두커니 앉아
나이를 먹네 나날이
눈이 깊어져가네

늦은 밤 비틀대는 만취 틈으로
제멋대로 발 걸어 넘어뜨리며

속삭이고 노래하고 윽박지르는

내 어깨 위 가벼운 유령
즐겁고 즐거운 헛것의 생

몸을 던지다

꽃의 근원은 지상이 아니다

물줄기를 찾아
어두운 땅 깊숙이 흰 실뿌리를 내리는 일
비와 이슬과 안개로 몸피를 키우는 일
아름답지만

꽃의 자리는 허공이 마땅하다

바람의 때를 기다려
제 스스로 바람이 되어
가볍게 꽃대궁을 떠나
허공에 몸을 던져 이룩하는

완벽한 자유
목숨의 완벽한 완성

꽃을 바라보는 일

지상의 모든 꽃을 사랑하는 일은

그 찰나의 떨림을 보는 일

온 가슴으로 그 떨림을 안는 일

나머지는

천지간을 떠도는 시간의 몫으로

남겨두고

검은 비닐봉지

검은 비닐봉지에서 나는 태어났는지
온 집안에 비닐봉지는 숨겨져 있네

내 몸이 검은 비닐로 이루어졌는지
호주머니 속에서 끊임없이
구겨진 비닐봉지는 튀어나오네

검은 비닐봉지에 담겨
날마다 내게로 오는

검은 비닐봉투에 담긴 술
검은 비닐봉투에 담긴 책
검은 비닐봉투에 담긴 음식
검은 비닐봉투에 담긴 음악

일용할 양식들

검은 비닐 슬리퍼를 끌고

터질 듯 팽팽하게 검은 비닐봉투에 담긴

나를 덜렁덜렁 흔들며

어슬렁어슬렁

쓰레기통 쪽으로 걷는 저녁

펄럭펄럭 눈앞을 가로질러

어둠 속을 날아가는

찢어진 비닐봉지를 휘감은

어린 달

천국의 개

그 도시의 개들은 목사리가 없다
지천인 장미사과나무 그늘 굳이 사양한 채
아무 대로변에 앉거나 누워
매캐한 폭염을 들이켜면서도

그 도시의 개들은 혀를 빼물지 않는다
한낮의 저잣거리 끓는 기름 솥 곁
좌판 수레바퀴 아래 가리지 않고

제가 주인인 양
제가 손님인 양 수줍고 또 태연하게
황금 치자 꽃잎을 제 몸에 얹고

느릿느릿
세찬 폭우 사이를 걷는다

사람에게 속해 있으나 속박당하지 않고
사람 곁에 잠들지만 사육당하지 않으며

아무것도 구걸하지 않고

아무것도 사양하지 않는

그 도시의 개들은 함부로 짖지 않는다

집이자 꽃, 나무이자 구름

스스로 불상이며 부처인

방콕의 개

무구한 빈자의 이웃들

꽃울음

그 들판에 도착했을 때
벼락 치듯 귀울림이 왔다.

눈을 감고 귀를 막은 채 휘청거리는 머리 위로 하늘이 쏟
아져 내린다. 어깨를 짓누르며 툭툭 귀퉁이가 무너져 내리
던 하늘

기차가 달려왔다. 붉고 긴 기차가 끝도 없이 등 뒤를 달려
간다. 정류장도 간이역도 너는 아니었다는 듯, 네가 멈춰 세
울 것은 아무것도 없다는 듯 거침없는 질주 너머

눈 덮인 산이 서 있다. 천지간을 어둠으로 물들이며 천천
히 걸어오는 거대한 산. 땅이 덜컹거리고 그 땅을 딛고 선 두
발 아무런 감각도 없이

밀려오는 구역질. 참을 수 없는 구역질로 몸이 접힐 때마
다 뒤엉킨 기억들 몸속을 빠져나온다. 일렁거리는 풍경 속의
거리, 낯설고 또 낯익은 얼굴들, 빠안히 마주 보다 돌아서는

곳마다 폐허. 내가 방치한 참담한 무덤들과 맞닥뜨리면서

보라색 감자꽃 혼몽하게 흐드러진
초여름 들판
귀가 먹먹하도록 맹렬하게 달려드는
저 도저한
꽃들의 울음소리.

장마

신발 한 짝이 툭, 하늘에서 떨어진다
신발 한 켤레가 투둑, 이마를 친다
굽 닳고 볼 틀어진 수천 켤레의 작업화
낮은 구름에서 쏟아지기 시작한다

땀내 나는 긴 혀를 빼물고 있는
축축한 신발들이 침대 밑에 가득하다

노점상의 과일들이 썩는다
부둣가 냉동창고들 녹아내리고
여름꽃들 서둘러 꽃잎을 접는다

수상하다수상하다수상하다수상해

벽들이 숨겨둔 귀들을 뱉어낸다
쫑긋 몸을 세운 귀들 벽마다 피어
닫힌 문 속을 은밀히 엿듣는다

〉

구름보다 높은 바다에 관한 소문이
낙뢰처럼 번창한다
금 간 벽 사이로 비명들 새어 나온다

누가 일제히 침을 뱉었나
끈적끈적한 타액이 세상을 뒤덮는데

여전히 파업 중인 바닷가의 조선소
골리앗 크레인 위에 사는 사람들이
기름투성이 신발들을 지상으로 던진다

흰 맨발 하나가 툭, 하늘에서
떨어진다

벽 속의 사람들

벽을 샀다

온 마음을 주고
송두리째 생애를 바쳐
사방 빈틈없이 완벽하게 닫힌
사각형의 세계를 얻었다

사각형의 침대
사각형의 창문
사각형의 하늘
사각형의 달

내가 읽고 싶은 건 벽
내가 닿고 싶은 곳은 벽 속의 도서관

나는 벽의 아들
벽은 나의 경전이니

벽 속에 집을 짓자 벽 속에 바다를 가두자

벽 속에다 고래를 새기자 벽 속으로 구름을 끌어오자

랄랄라 노래를 부르며 큰소리로 울음을 터트리며

아무도 귀 기울이지 않는 벽 속에

혼신으로 질주하는 날것의 태풍들을 키우자

잠들지 않는 벽 속의 방언들

머잖아 쏟아져 나올

바빌론의 시민들을 위하여

붉은 눈

저 강가에 내가 간 적이 있었나. 휘어가는 강줄기 먼눈으로 지키고 선 늙은 홰나무를 향해 허위허위 달려갈 때, 붉은 치마, 붉은 저고리의 어린 여자아이 하나, 붉은 옷고름 휘날리며 스쳐 지나갔나. 백일몽, 어느 혼곤한 날의 가위눌림이리라 손사래로 돌아설 때 벼락같이 등을 후려치며 일어서는 풍경 하나

아아어아으 아으 아아 아으이

전혀 알지 못하는 어떤 주문이 입 밖으로 쏟아진다. 뱀 한 마리 등줄기를 가로지른다. 온몸을 뒤덮는 서늘하고 축축한 비늘. 코를 찌르는 비릿한 물내음. 목줄기를 관통하는 날카로운 통증으로 몸을 뒤틀 때 아주 오래된 시간과 아직 도착하지 않은 시간 서로 뒤섞이고 강물은 뛰어올라 출렁, 허공에서 멈춘다.

꽃송이들, 물굽이에 휩쓸려 떠내려오며 온통 핏빛으로 강을 물들이는 동자꽃 송이들. 그해 여름 물 위의 꽃들 헤치며

강을 가로지르던 물뱀의 비늘 한 점이 내 몸 어디에 박혀 있었나. 징 소리, 꽹과리 소리, 하염없이 길고 긴 초혼가 가락 온전하게 귓속에 잠들어 있었나.

기어이 물 밖으로 걸어 나오지 못한 어린 식구 하나 까마득히 잊고도 잘 살았다 눈 자라고 키 자라 모두 잘 살았다. 아무도 입 밖으로 내지 않고 누구도 불러내지 않는 이름 하나 수망굿에 등 떠밀어 보낸 후 강물을 닫고 꽃의 빛깔을 지운 채

한번 뒤돌아보지도 보지도 않고 강을 건너던 물뱀의 눈은 붉었다. 천 년을 홀로 운 사람의 눈빛인 양 깊고 선명한 꽃빛의 눈. 어떤 목숨은 허공이 데려가고 또 어떤 목숨은 물이 데려가 꽃으로 바람으로 되돌려주는가. 세상천지 떠돌고 또 떠돌아 바람 다시 꽃 더불어 도착하는데

그 강가에 나는 왜 갔었나. 누가 늙은 홰나무 아래로 나를 다시 불렀나. 늙지도 마르지도 않고 귓속에서 출렁이는 물소리, 어린 노랫소리 강을 건너오는 늦은 봄날.

가로등 연구소

세상의 모든 가로등이
제 발끝만 비추는 건 아니다

구부정 허리를 굽힌 채
제 속을 들여다보고
제 발끝만큼의 세상을 읽고
또 읽으며 녹
슬어가는 것만은 아니다

허리를 펴고 일어나
기지개를 켤 때마다 키가 쑥쑥 자라나
내 묵념수행은 이만하면 되었다
휘휘 사방을 둘러보며
저보다 더 어두운 구석들 비추면

화들짝 세상은 깨어나
두런두런 깊은 잠을 벗어나
어두웠던 곳 모두 꽃으로 피어나고

춤을 추듯 턱을 들어 올려
먼 별들 속 얼어붙은 문장들 깨워
왈칵 눈물로 쏟아지는 별빛
낮은 지붕들 위로 불러 내리며

하느님 혹시 발을 헛디디실까
구름 구석구석 밤새도록 비추다
아침이 오면 혼자 씨익 웃으며
다시 제자리로 돌아와 묵상하는
그런

세상의 모든 가로등

까마귀 빌라

우리 동네엔 까마귀가 많다

언제부턴가

까마귀 울음소리에 깨어나 까마귀 울음소리로 잠든다. 까마귀와 함께 신문 읽고 식사하고 티브이 보고 슈퍼에 간다.

서류가방을 들고 앞서 걷는,
종이 커피잔을 들고 오는,
컴퓨터 모니터에서 날아 나오는,
침대 머리맡을 지키고 있는,

까마귀는 잠들지 않는다

식탁 위에 죽은 쥐를 물어 나르고
선반 위에 음식물 쓰레기를 쌓고
벽 속에 된바람을 낳아 숨기며

어떤 날은 울음

어떤 날은 노래

비명과 탄식, 속삭임과 외침으로

제 영토를 지키며

서랍 속에 둥지를 튼 채

침대 밑에서 기어 나오고

날카로운 부리로 거울을 깨뜨리며

인간의 그림자 속에 깃들어 사는

우리 집엔 까마귀가 많다

까마귀가 우리 집의 주인이다.

언제부턴가

나도 모르는 새

반성

퇴근길엔 호주머니를 비워야 한다

터질 듯 부푼 호주머니 속으로
조심스레 손을 들이밀면
끝도 없이 끌려 나오는
손목이 잘린 손들

시계와 팔찌
붉은 매니큐어
손톱 아래 검은 무지개
흰 손등 위 푸른 정맥……을 가진
피투성이 손들

누가 내 호주머니 속에 숨겨놓았나

잠들기 전에 검은 안경을 써야 한다
눈을 뜨고 내 눈 속 가득한
눈빛들을 헤아려야 한다

〉
구름을 올려다보는
가슴팍을 꿰뚫는
무심하고 또 아득하게
내 눈 속을 들여다보고 있는

저 눈들 누가 도려내어
내 눈 속에 심어놓았나

입속 가득
삼켜지지 않는 혀들
삼켰다고 생각했지만 실은 뱉어버린
물컹물컹한 흉기들

누가 이 악취 가득한 혀들을
내 입속으로 쑤셔 넣었나

내가?
언제?
왜?

라일락 특급

금방이라도 무너질 듯 금이 간 블록 담장 너머로 라일락
은 한껏 몸을 내밀었다. 촘촘촘촘 자동차들 주차된 소방도
로변, 모두가 피해 돌아가는 "위험" "접근금지" "철거예정"
팻말 곁, 이빨이 빠진 듯 휑한 빈 곳 가득 풍성한 꽃가지 보
란 듯이 드리웠다.

멀리서 보면
연보라색 나비떼 촘촘촘
매달려 춤추는 듯한 그 꽃가지 아래

언제부턴가 이삿짐차 한 대 서 있다. 우짤라꼬, 어어, 벽
이 무너지면 우짤라꼬. 혀를 차는 우려들 아랑곳없이 몇 날
며칠 그곳에 서 있다. 번개 익스프레스, 지상으로 내리꽂히
는 번개 문신 제 몸에 새긴 차.

노란 지붕 위에 꽃잎을 얹고 있다. 차창, 보닛, 백미러가
꽃잎으로 촘촘 뒤덮였다. 라일락은 제 마음도 차에게 줬나
보다. 지날 때마다 그 노란 차 향기를 풍긴다. 제 몸의 것인

양, 제 원래 마음인 양.

　퇴근길에 보니
　라일락도 노란 차도 사라졌다.
　벽은 사라졌고
　푸른 가드레일만 남았다

　라일락은 도망갔다.
　노란색 자동차와 눈 맞아 달아났다

　특급을 타고 훨훨
　천지에 향기를 흩뿌리며
　화안한 봄햇빛 한가운데를 날아서

가면과의 입맞춤

거래는 끝났다.

목에 걸린 얼굴을 풀어 서류가방 속에 숨긴다
카메라, 꽃다발, 목걸이, 선글라스
목에 걸어 마땅한 것들을 찾아
호주머니를 헤집는 손은 온통 피투성이
날카롭게 금이 간
거울로 뒤덮인 세상에 갇힌다

사람들
붉은 혀를 가진 거울들
열세 개의 눈을 가진 벽 앞에서
사정없이 흔들리는 얼굴을 본다
나,
사분오열하는 불편한 물체

모든 거래는 제 얼굴을 거는 것
아니 얼굴 없는 몸, 가슴 없는 손의

뒷거래로 얼굴을 숨기는 일

뜨겁고 탐욕스런 손발
노래를 잃은 산문의 입술
영혼을 잘라버리는 위험한 흉기로
거래는 언제나 시작되고

날마다 새로운 얼굴을 목에 걸어야 하는
얼굴 없는 목숨
처음부터 얼굴이 없었던 종족인
수천 번 수만 번 허기진 내 그리움은

주검과의 조우
딱딱하게 굳어 악취마저 풍기지 않는
가면과의 차가운 입맞춤

신분증, 안경, USB, 넥타이
거래는 끝나지 않는다
내 얼굴은 늘 가슴께에 매달려 있다

꽃이라는 말

골목길에 버려진
시든 장미꽃 다발 곁을 지나쳐왔다

머릿속에 꽃 핀다. 하나 둘 셋. 머릿속이 꽃으로 가득 찬
다. 서로 맞물려 빙글빙글 돌아가는 꽃들. 한 송이가 지면 또
한 송이 피고 한 그루가 스러지면 또 한 그루 일어서

꽃무리 흔들리는 늦은 봄날, 범람하는 향기로 머릿속은
뜨겁게 부풀어 오르고

말이 달려온다. 꽃무리 짓밟으며 거침없이 달려든다. 뭉
개진 꽃잎들 흩어지고 부러진 꽃대들 튀어 오른다. 황금갑
옷, 황금칼로 무장한 말들 눈부신 행렬 뒤로 온몸에 칼이 꽂
힌 피투성이 말의 주검들 끌려 나온다. 듬성듬성 털이 빠지
고 앙상하게 뼈가 드러난 더러운 몸피를 걸친 말. 혀를 찬다.
츳츳, 미련하다. 미련스럽다.

미련함이 눈꺼풀을 들어 올리고 미련함이 귀를 열고 미련

한 말이 그악스럽게 입을 벌려댄다. 그래 알았다, 알겠다 하
고 꽃밭을 닫는다. 닫아지지 않는

　머릿속에 꽃 진다. 맹렬하게 꽃이 지고 꽃대가 스러지고
얕은 뿌리조차 흔적도 없이 사라진 바람투성이 황무지에 남
은 죽은 말의 그림자, 길게 자라 천장에 닿는 한밤중 벽에 귀
를 대면

　어디선가 꽃 피는 소리를 들릴 듯하고

기일 忌日

한밤중에
지리산이 전화를 걸어왔다
외딴 폐가 처마 밑에 앉은 누군가의 맨발이
새벽 찬 별빛에 젖고 있다고

들판 한가운데
살얼음 껴안고 누운 개울에게 편지를 보냈다
찢어버린 사진, 주민등록증
투명한 얼음 아래 아직 선명하냐고

누구에게도 손 내밀지 않고
아무에게도 마음 주지 않은 채
혼자 꽃 피어 붉고 스스로 서리를 불러
길을 내고 지우던 너의 이름은 산
너의 집은 들판

네 무덤덤한 얼굴이 젖어 강물로
흘러가던 날은 늘 되돌아온다

산이 낮은 목소리로 식구들을

불러 모으는 날

들판을 건너온 바람이 등을 후려치는 날

끊었던 담배를 다시 시작하는 날은

해마다

신발을 낳다

구두를 버렸다
늘 나를 집으로 끌고 오는
지루한 풍경들을 던져버렸다

질척거리는 기억
너덜거리는 그림자를 매달고
전신주 너머
교회 십자가를 지나
저녁 둥지에 깃든 새들을 깨우며
낡은 구두는 허공을 날아갔다

은빛 날개 한 쌍 옆구리를 뚫고
튀어나왔다
늦었어 너무 늦었어 중얼거리자
강철 바퀴들 투둑 발바닥을 들어 올렸다

머릿속을 울려대는
우렁우렁 부드러운 저음의

뱃고동 소리

신발 하나를 낳았다
오래전에 내 안에 묵혀 있던
애초 내 혈관 속에 씨앗으로 자라던
바닥 두터운 맨발 하나를 비로소

낳았다 짐승의 눈으로
호시탐탐 길 밖을 넘겨다보며
늘 몸이 뜨거운

닳지도 생채기가 나지도 않는
튼튼한 맨발 한 쌍

사막의 악기

새끼를 낳아 모래 구덩이에 버려둔 채 낙타는 사막을 떠돈다. 새끼에게 다가가지 못하는 낙타의 몸에 유목민들은 악기를 걸어준다. 제 몸에 악기를 메고 흰 지평선을 넘는 어미낙타.

타는 발바닥, 타는 갈증이 키우는 혹을 지고 평생을 건너야 하는 목숨을 새끼에게 물려주어야 하는 어미낙타는 혼이 나갔다. 초점 잃은 눈 속으로 모래 구덩이는 자꾸만 파인다. 요람과 무덤 사이에서 흔들리다 자꾸만 발을 헛디디는

어미낙타의 몸에 매달린 악기를 연주하는 건 바람이다. 마른 햇빛에 팽팽하게 부푼 현 위로 뜨거운 모래바람이 와서 몸을 던진다. 세차게, 더 세차게, 부딪쳐 현을 울리며 거침없이 바람은 죽는다. 죽어 식어가는 낙타의 혈관 속 한 점 불꽃으로 핀다. 긴 속눈썹에 엉켜붙은 모래를 털어내며 텅 빈 낙타의 가슴을 휘감고 쓰다듬는 바람의 손길과 숨결.

오아시스는 집이 아니다. 스러져 생을 마치는 모래언덕

어디쯤이 집이다. 솟아오르는 혹 속 출렁이는 물소리로 살아 사막을 가로지르는 샘.

　울음인 듯 노래인 듯 달려가는 무성한 바람 헤치고 낙타는 돌아온다. 유목민들 묵묵한 기다림에 물기가 서린다. 어미 발자국 소리에 힘겹게 눈을 뜬 새끼의 등에 어느새 두 개의 혹이 조그맣게 자라나 있다.

집을 찾아서

어스름에 기대어 깜빡 졸았다

혼곤한 잠의 손아귀에 슬쩍 잡혔을 뿐인데
집을 잃었다
내 방, 내 의자, 내 침대에
낯선 아이들, 피곤한 어른들이 잠들어 있었다

아이야 여긴 '하늘 위 큰집' 304호일 텐데,
301호예요,
잠꼬대하듯 아이는 말했다
어르신, '지상의 오두막' 101동은 어디,
얼굴을 찡그리며 돌아눕던 때 묻은 발가락 하나가
까딱, 허공을 가리켰다

뒤엉킨 집들의 미로 사이를 헤맨다
날은 저물었고 아무도 문을 열어주지 않는다
이쪽 글쎄 저쪽
거기가 아니고 저기

〉

심드렁한 표지판들을 쫓아다니는 동안
길은 헝클어지고 집들은 무럭무럭 자라나
저녁산책을 나온 사람들은 평화롭고
가로등 아래 피는 꽃들 향기롭지만
내 집만 없는 이 이상한 사람들의 마을엔
시장과 학교와 교회들뿐

나는 집을 가졌던 것일까
집은 굳이 가져야 하는 것일까

허둥지둥 바람 헤아리며 걸었지만
도착한 곳은 여전히 이곳과 저곳
날마다 사라지는 집들이
서로 자리를 바꿔 앉는 시간 속을 밤새도록
집을 찾아 헤매었다

낯선 아침이 훤히 밝아오도록

좀비들

오후 두시 정각의 죽음을 갖는 일은 그리 어렵지 않다

담배를 사러 가듯 회사를 나와

어슬렁어슬렁 횡단보도 건너서

대로변 사거리의 햄버거 가게 넓은 창 앞에 앉아

퍽퍽한 빵 조각에 콜라를 들이켜며 구시렁구시렁

더러 쯧쯧 혀를 차기도 하며

신문 구석구석 모조리 읽어내고

딱딱하게 식어버린 감자튀김도 남김없이 먹어치운 후

불타는 황금빛 단풍나무 아래를 지나

맹렬한 속력의 자동차 무리 속으로 돌진

(이런, 핸드폰을 책상 위에 두고 왔네)

새벽 세시의 죽음엔 약간의 긴장이 필요하다

끊어지기 직전의 필름을 챙긴 후

지리밀릴한 술자리를 슬쩍 빠져나와

만취해 비틀거리는 거리에 손을 흔들어주고

홍얼홍얼 택시를 타는 제니스 조플린
육교 난간에 발을 올린 커트 코베인 사이

결정은 쉽지 않다
달려오는 차, 달려가는 차
어느 쪽으로 투신할 것인가

(아파트 단지 앞 인공호수에 쇠줄로 고정된 플라스틱 연
꽃 한 송이, 물 위에 비친 제 모습 골똘히 들여다본다. 사시
사철 밤낮없이 엄숙하고 경건하게, 제가 죽은 줄도 모른 채)

욕실

거울 앞에서 이빨을 닦다 말고
딸꾹질을 한다

멀리 있는 꽃들 딸꾹 흔들린다
창밖을 지나가던 아침 구름 잠시
비틀거렸을 뿐 세상은
아무 일 없다

낡은 침대. 의자, 시계
죽은 모자, 벗겨지지 않는 구두, 넥타이

늘 똑같은 풍경을 가둔 채
흔들리지 않는
저 거울의 이름은 벽이다

밤마다 깨뜨리지만
아침이면 어느새 일어서 있는
강철 거울, 강철의 벽

›

샤워기에서 구름이 쏟아진다
피투성이 구름들 욕실 가득 떠다닌다
도망쳐 아무도 찾을 수 없게
사라져버려, 속삭이자

벌컥 문이 열리고
구름들 재빨리 하수관으로 숨는다
딸꾹딸꾹
멈춰지지 않는 딸꾹질

웃음소리 울려 퍼진다
벽 속에 숨어 지켜보던
날카로운 눈들 일제히 달려 나온다

완벽하게 아귀가 맞는 사방 벽
꽃무늬 모자이크 타일로 만든
좁은 감옥 안으로

염殮

칼날로 새긴 촘촘한 햇빛
핏방울로 그린 나무, 숲 그림자
사이 찬 별빛
바람 소리

네 몸이 숨긴 이렇게 많은 얼룩

한 점 한 줄 촘촘 새겨질 때마다
비명 한 마디 들키지 않고
봉인한 시간의 흔적들

어루만져본다

저녁 개울가에 앉아
어두운 물에 비친 네 얼굴 떠서
얼굴을 씻을 때
네 손가락 사이로 빠져나가던
수많은 얼굴, 이름들

〉

젖었다 마르고
마르고 또 젖어 부드러워진
탄식들, 낮은 노래들
딱딱하게 굳은 흉터 안에서
쩡쩡 얼어붙는 물소리
이제야 듣는다

더운 내 손끝 떠나 등줄기에 일어서는
네 차가운 체온으로 읽는다

시든 꽃인 듯
이제 막 기지개를 펴고 피어나는
어린 꽃인 듯
네 몸을 덮은 아름다운
보랏빛

씻겨지지 않는
무늬들 남김없이.

지도

밤의 우물가, 우물 속으로 떨어지는 빗줄기, 우물 속의 수많은 동그라미 헤아리고 헤아리다 마을을 떠나는 탱자나무 긴 울타리, 빗속으로 하얗게 떠오르는 탱자꽃 자잘한 흰 꽃, 검은 고무신 자꾸만 붙드는 질척이는 황톳길.

바다로 가는 길, 구불구불 벼랑 위의 길, 살얼음 언 바다로 등 떠미는 바람과 낡은 소매를 잡아끄는 바람 사이 미친 듯이 흔들리는 해송들 이정표가 되는, 혼곤한 꿈이 늘 불러내는 그 외진 곳.

꽃무늬 뽀뿌라 원피스 한 벌
빼딱구두 한 켤레
무명이불 한 채
뜨거운 손이 동행하던 고갯길

(빼딱구두가 머신교.
아, 거 와 안있나. 멋재이 가시나들이 신는 거. 코 빼쪽하고 뒤 높은 거. 빼딱빼딱 걷는 거)

살구꽃 흐드러진 산 아래 달동네. 안개 자욱한 계단길 아래 항구 등불. 새끼들 무릎을 깨던 자갈밭 저잣거리. 가슴에 핏방울 돋던 사금파리밭 살이. 이명으로 남아 있는 귓속의 총성, 죽어서야 마침내 산을 내려간 핏줄들.

실파 한 단 떨이 오백 원. 그 길던 봄날을 누가 다 썼을꼬. 상추 한 소쿠리 몽땅 천 원, 그 꽃 같던 가을 다 오데로 갔는지. 무지랭이로 살았지만 이만하면 꽃밭인데 욕심내서 머할라꼬.

늦은 저녁 부전시장 파장의 포장마차, 팔다 남은 부추 한 단과 바꾼 막걸리 한 병으로 노점의 하루를 거두며 웃는 할머니 주름투성이 얼굴은 지도. 세상에서 가장 정확한 지도.

유목민의 눈

평원의 사람들은 멀리 본다
거침없이 먼 지평선이 지척이다

구름의 속도
비상하는 매의 숨겨진 발톱
초원에 갓 핀 꽃잎 속 이슬 한 방울이
그들 눈 속에 있지만

그것은 시력이 아니다

발 닿는 곳 모두 길이자
머무는 곳 모두 집으로 가진
무심 무욕
선한 영혼의 힘

아무것에도 길들여지지 않는
바람을 낳아 방목하는
천진한 힘으로

〉

천 리 밖 비를 헤아리고
만 리 밖 별을 읽는

아득히 푸른 저 유목민의 눈

구름배낭

저 구름은 언제부터 침대 위에 앉아 있었을까

창고에 가두고 책상 아래 숨기고 쓰레기통에 던져 뚜껑을
닫아도 언제 그랬냐는 듯 뻔뻔하게 걸어 나와 침대 위에 앉
아 있는 저 낡은 구름

아무리 삼켜도 허기 멈추지 못하고
길을 탐하는 벌레 한 마리
제 몸속에 키우고 있어

등에 매달려 우쭐우쭐 춤추거나
머리 위에서 출렁출렁 비에 젖거나
제 스스로 바람을 불러 흔들리기를 자청하는
한 점의 바람난 구름

서랍 속에 뱀
침대 위에 칼날
신발장 속 신발마다 날개를 달아놓고

⟩

제가 주인인 양 떠억 하니 머리맡을 지키며

늙지도 잠들지도 않는 채

어깨 위에 올라앉고

옷자락에 매달리며

말라 죽은 가문비 나뭇가지에 모자를 걸자. 눈앞을 가로막는 꽃덤불에 목을 긁히자. 바위산 중턱의 굵어 죽은 주검, 사막 한가운데 말라붙은 무덤, 황무지 구릉들 건너고 건너야 비로소 보이는 떠나온 집들을 위해, 지도를 찢고 이정표를 부수며 멀리 더 멀리, 속삭이는

구름을 가득 담은 배낭 하나

날마다 현관에 나와 앉아

나를 기다리고 있는 것일까.

물고기나무

저 나무는
제가 전생에 물고기였음을 이미
알고 있었다

저잣거리 한가운데 서서
있는 듯 없는 듯
묵언수행이더니

어느 아침
온몸에 흰 비늘을 달았다

화안한 한낮이 며칠
물속인 듯 출렁이더니
나무 어느새 햇빛 속을 유영한다

휘르륵 휘르륵
세상으로 날아올라 흩어지는
나무의 몸

희붉은 비늘들

사거리
신호등 곁 늙은 벚나무 이제
앙상하게 검은 뼈 마디만으로
한창인 봄을 일으켜 세운다

뼈마디 사이사이
연초록 핏방울 투둑투둑
일어선다

별들은 캄캄하다

별 하나가 툭 어깨를 친다. 나는 뒤돌아보지 않는다. 지친 혀를 호주머니 속에 감추고 걷는 퇴근길 따라붙는 수다스런 별무리

어데 가노, 어데 가는데

묻고 또 묻지만 묵묵묵묵. 하릴없이 붉은 사각형 보도블 럭만 헤아리며 걷는다. 길을 꺾고 구부릴 때마다 호주머니 속 검은 혀 꿈틀거린다. 가을 벚나무 벌레 먹은 잎 뒤로 별들 문득 몸을 숨긴 채 길가의 집들 일제히 흔들며

어디 있노, 어디 있는데

별들은 재촉하지만 나는 떠밀리지 않는다. 늙은 자동차, 늙지 않는 서류가방. 새로 산 구두. 펄럭이는 줄무늬 넥타이 사이 굽어 있던 혓바닥 꼿꼿해진다. 누구에게도 길들여지지 않는, 누구도 길들이지 못하는 강물 같은 혀, 물결 같은 말.

후우 후우 허공으로 흩어지는 담배연기 속으로
달려나간다.

별 하나가 툭 정수리에 꽂힌다. 밍근한 바람 툭툭 이마를
친다. 발끝으로 별들 떨어진다. 소리없이 발밑에서 바스러
진다. 못 본 척 걷는 등 뒤로 별들 쏟아진다. 앞서 걷던 길 문
득 허공으로 솟구친다.

등 뒤에서 별들 캄캄해진다.

강신현

물속에 서 있거나
산꼭대기에 누워 있거나

바위는 바위

깊고 얕은 바닷물 속 마를 날 없이
부드러운 물이끼로 어린 물고기
불러 보듬고

별빛 머물다간 산이슬 한 방울에
힘줄을 적셔
흰 이끼 몇 점으로 산을 일으키는

바위는 뿌리를 갖지 않는다

묵묵한 마음 하나를 뿌리로 가져
아무것에도 흔들리지 않는

바위는 바위

흐드러진 웃음 뒤 후두둑
꽃 진 자리

반짝이는 아침 소나기 줄기 곁
어디쯤이든

이름 따위가 무슨 상관이랴

바위는 바위

서 있거나 누워 있거나

거울 없는 집

내 안엔 거울이 너무 많아
거울 속엔 사람들이 너무 많아
잠들지 않는 사람들
돌아서지 않고
시퍼렇게 마주 쏘아보는
거울 속에 사는 풍경, 햇빛
시간들

우리 집엔 거울이 너무 많아
날마다 깨어지는 거울
쏟아져 일제히 내 몸을 관통하는
비수 같은 파편들
파편에 묻은 마른 핏자국
파편에 꽂혀 있는 눈과 혀
심장들

벽들이 모두 거울을 가진 날
거울이 벽의 눈이 되어버린 날

세상은 감옥으로 변했지

번쩍이는

투명한 유리감옥

이 도시엔 거울들이 너무 많아

도망칠 수 없지

머리 위 허공, 발 아래 땅

사방에서 나를 포위한 거울의 감옥

넘어지고 깨어지지만

날마다 다시 일어나 무럭무럭 자라는

강철 거울의 벽들

지우고 싶지

스프와 세탁기

—조말선의 시 「스프」에 부쳐

스프

조말선

스프를 끓일 때 아버지와 엄마와 나는 항상 마주 앉거나 곁에 앉는다 빙글빙글 냄비를 저으니 아버지와 엄마와 내가 섞인다 빙글빙글 얼굴들이 섞인다 빙글빙글 얼굴들이 뭉개진다 아버지와 아버지와 아버지가 돈다 엄마와 엄마와 엄마가 돈다 나와 나와 내가 돈다 한 그릇 끈끈한 액체가 되기 위해 나는 돈다 나는 수차례 나도 모르게 아버지가 되는 것이다 나는 수차례 나도 모르게 어머니가 되는 것이다 혼숙과 혼음의 수프, 농도가 알맞은 수프는 상처내기 쉽다 아물기 쉽다 잘 끓여진 수프에서 물집들이 솟아오르고 가라앉는다 잘 뭉개진 아버지와 엄마와 나 태어나기 전으로 돌아간 아버지와 엄마와 나 태어나기 전부터 상처인 따뜻한 한 그릇 가족

세탁기

김형술

세탁기에 빨래들이 쌓인다. 고쟁이 위에 청바지, 교복 아래 작업복, 와이셔츠 위에 줄무늬, 꽃무늬 팬티. 세탁기 속에 식구들이 엉킨다. 아들 위에 엄마, 딸 위에 아버지, 아버지 위에 또 아버지, 할아버지, 할머니……

물을 채우고 세제를 녹여 서로 뒤섞인다. 피를 채우고 인연을 녹여서 서로 뒤엉켜 돌아간다. 빙글빙글 몸들이 섞인다. 몸속에 고인 시간들이 섞인다. 아들 몸속으로 스며드는 어머니, 딸의 가슴을 움켜쥔 아버지, 할머니에게 사로잡힌 딸, 아들 다리에 감긴 할아버지

윙윙 전속력으로 돌아갈 때마다 필사적으로 서로 부둥켜 안는다. 어머니의 가슴에 매달린 성기, 아버지 사타구니 사이 솟는 젖가슴, 할머니 머리채를 거머쥐는 아버지, 거머쥐고 놓지 못하는 수많은 목숨과 목숨, 가계들

〉

솟구치고 가라앉히며 우당탕탕 돌아간다. 태곳적부터 있
어왔던 세탁기는 고장 나지 않는다. 누구도 벗어날 수 없는
성스러운 울타리, 누구도 허물지 못하는 혼숙과 혼음의 강
철 감옥

　세상 모든 집들은 세탁기를 가졌다. 세상 모든 집들에서
세탁기가 돌아간다. 큰소리를 내면서 또 아무 소리 없이 날
마다 길들이고 서로 길들여져서 순응하며 낡아가는 식구들,
허공에 나란히, 사이좋게 걸려 펄럭인다. 떨어지지 않는다.

가족사진

아버지는 나의 동생

형은 내가 한 번도 본 적 없는
낯선 꽃

누이는 내가 강물 위에 띄워 보낸 편지

푸른 레몬 한 알의 어머니

평생을 만났지만
결코 만나지지 않는 서로의 시간들을
확인하기 위하여
여기 한자리에 모였습니다 .

자아 모두들 여길 보시고

김치이이이.

춤추는 거울

허물어져가는 빈 집 들창 곁
흙벽 위에
귀퉁이 깨어진 거울 하나 걸려 있다

붉게 녹슬어가는 거울 속
기우뚱거리는 미루나무
지워지는 뭉게구름
일어서고 넘어지는 지평선……쪽으로
한 걸음 가까이 다가서다

어깨를 누르는 누군가의 흰 손
와락 달려 나오는 날카로운 빛
어지러워 얼굴을 찡그린 채
실눈을 뜨면

등 뒤를 달려가는 시간의 속도
한 생애가 놓친 찰나들 선명하게
만날 듯하고

만난 듯하다

두 팔을 벌려

시들어 내리는 여름꽃들 껴안고

빈집 가득 웅성거리는 어둠을 껴안으면

땀 젖은 손금 속 숨은 웃음소리

짧은 그림자를 찢고 일어서

귀를 파고드는 한낮의 정적

기꺼이 문밖으로 걸어 나와

바람벽에 걸린 채

흔들리기를 멈추지 않는 거울 속엔

수직으로 추락하는 새떼들 쫓아

늘 세상으로 달려 나오는

흰 햇빛 줄기들

나는 비행기다

비행기다
동가숙서가식 늘 떠났다가
자석에 끌린 듯 다시 돌아와야 하는
나는 슬픈 비행기다
떠날 때도 큰 소리로 울고
돌아올 때도 목 놓아 울어야 한다

찢겨진 날개로나마 천리만리
바람을 읽고 비바람과 싸우고
새들의 적, 구름의 벗으로 날아올랐다
허망하게 다시 지상으로 귀환하지만

나는 흉기다 나는 위험하다
단 한 번의 공중폭파로 흔적 없는 재가 되어
구름 위에 묘비명을 새기거나
느닷없는 불시착으로
순식간에 쑥대밭이 되는 세상을 꿈꾸는

나는 비행기다
남극의 오로라, 인도양의 쓰나미
칼라하리 사막의 모래폭풍을 꿈꾸며
다시는 돌아오지 않으리라
춤을 추듯 가볍게
날마다 인간의 마을을 떠났다가

아무 그리움도 세상 끝엔 없더라
뻔뻔한 얼굴로 돌아와서는
우울한 후회의 하루 못 견딘 채
다시 날고 싶어 몸이 가렵고
겨드랑이가 벌렁거리는

나는 구름의 사생아 바람의 쌍생아
가벼우면서 무겁고
너무 무거워서 마침내 가벼워지는
후안무치, 이상한 날것.

푸른 벽 속으로

그 계단의 벽은 온통 푸른색이다
심해를 닮은 어두운 푸른색

계단을 오르는 사람들의 발걸음은 언제나 다급하고
계단을 달려 내리는 사람들의 한 손은
늘 난간에 붙잡혀 있다
느린 동심원을 그리며 지상으로 추락하는
차가운 난간

금연구역
붉은 글씨의 계단 출입문에 몸을 기대고
담배를 피울 때면
계단 모퉁이를 돌아선 사람들이 불현듯
푸른 벽 속으로 사라지는 걸 본다

(벽 속의 구름, 벽 속의 교회, 벽 속의 낭떠러지)

푸른 벽 속의 무엇이 사람들을 삼키는지

사람들이 왜 푸른 벽 속으로 사라지는지
생각하지 않는 시간이 담배를 피워 문 채

계단 아래쪽으로 떨어져내리고
계단 위쪽으로 날아오를 때

어떤 이는 문득 벽 속에서 걸어 나오고
어떤 이는 영원히 돌아오지 않는데

늘 닫혀 있는 계단 출입문에 기대어
하릴없이 내가 담배를 피워 무는 동안
내 안에서 날마다 일어서는
층층 겹겹의 벽

(벽 속의 묘지, 벽 속의 의자, 벽 속의 광장)

나를 두드린다 툭, 툭, 툭
걷어찬다 쾅쾅쾅

나무병원

언제부턴가
나무들이 사라지기 시작했다

거실의 실내목
은행나무 가로수
분홍빛 달로 떠오르던 숲 속
산벚나무들

나무병원에 갔다
의사는 이미 나무들을 찾아 떠나버린 지
오래였다

나무그림자 하나 없는 집집마다
미친 바람들이 창문을 향해
제 머리를 들이박았다

피투성이 물너울을 높이 채운 바다가
나무를 쫓아 떠나버린 지상

골목마다
죽은 나무의 이름을 은밀히 거래하는
나무시장이 창궐하기 시작했다.

나무를 샀다
이름뿐인 나무를 한 그루 샀다
밤마다 어둠 속을 떠다니는
나무의 환영
나무의 비명소리

숲을 벗어나 홀로 세상을 떠도는
날카로운 나무 한 그루

내 머릿속에
가슴속에 울울창창 자라
뿌리를 내린다

점점점점 깊어진다.

사각형의 햇빛

세상의 모든 방들이 사각형인 건
구석을 마련하기 위함인가

도망칠 구석
웅크려 은신할 구석
늘 그늘이 살고 있어
속을 알 수 없는 의뭉스런

구석은 아늑하고 평안하다

거미줄을 치고
푸른곰팡이를 피우고
사방연속꽃무늬 벽지에
쥐오줌 지도를 그려놓는 곳에서

더 잘 보이는 입구와 출구
더 잘 들리는 문밖의 바람

세상 모든 벽들이
사각형의 창을 가지고 있는 건
제 구석을 들키지 않기 위함이어서

이 도시의 햇빛은 모두 사각형이다.

햇빛의 날카로운 가장자리가
누군가의 핏기 없는 맨발 근처를
때때로 서성이다 간다.

그 여자의 새

흰기러기떼가 돌아오는 시간
흰기러기를 만나기 위하여
흰기러기 붉은 발목에 매달리기 위하여
을숙도 갈대숲 깊이 들어갔지만
새들 아직 도착하지 않았고
붉은 옷을 입은 여자 혼자 먼저 와 있었다

마른 갈대언덕에 기대어
두 손 가지런히 가슴께에 모은 채
갈대 사이 스며들어 마냥 흔들리는
시린 햇빛 줄기 온몸으로 받으며
가만히 하늘 올려다보던 여자

갈대밭 속 미로처럼 숨어 있는 물길마다
논병아리 고방오리 느시 비오리
퍼덕이는 날갯짓, 물 첨벙 소리 아랑곳없이
천 년을 그리 누워 기다리겠다는 듯
미동도 없이 누워 있던 여자

한 점 두 점 노을이 하구를 적셔도
겨울 손님 기척 여전히 없어
휘적휘적 갈대숲을 헤쳐 돌아나올 때까지
노을을 덮고 여전히 누워 있던 여자

지나치다 문득 돌아본 그 무심한 눈 속으로
큰 시옷 자 무리 지어 날아오는 새들
고개를 드니 어느새 핏빛 노을 끌고
하늘 뒤덮은 거대한 흰기러기떼

구급차 날카로운 사이렌 소리 울리며
그 여자 다급하게 갈대숲을 떠났다

제 눈 속에 흰기러기떼 모두 거두어 담고
무성한 노을 겹겹 껴입어
새들의 흔적, 기척 어디에도 없는
무겁고 무거운 침묵
겨울 어스름에 남겨둔 채

오성민

어스름 저녁 베란다에
귀뚜라미 한 마리
형벌처럼 무거운 가을을 끌고
불 밝힌 창문의 바깥에 매달려

한사코 유리벽을 기어오르며
네가 들여다보고 있는
완강한 사각형의 저녁 안쪽엔

쓰다 버린 잡동사니
말라버린 실내 식물 몇 그루

한 번도 쓰여지지 못한 채
냉장고 속에서 속절없이 썩어가는
절절한 한 생애의 말들뿐

그러니 네가 태어나 자란
그 자리가 네 자리

〉

빛그늘도 높낮이도 없는
지상의 가장 낮은 곳
완벽한 어둠을 네 것으로 가졌으니

이제는 침묵으로 노래할 시간

늘 젖어 있는 잠 속
뒤척이는 야윈 등을 타고 흐르는
맑은 강물 소리를 따라

안간힘으로 매달린 유리절벽에서
내려와서, 비로소

나는, 쓴다

잠들지 못하는 밤엔 영화를 본다. 소파에 비스듬히 누워.
하릴없이 나는 바쁘다. 날마다 바쁨에 쫓기느라 잠들지 못
할 땐 리모컨을 딸깍, 유령들을 불러 모은다. 수다스러운 유
령들, 그림자들의 서사들, 건성건성 건너뛰면서

빨리 잠들자. 파르나서스 박사의 상상극장. 내일 해야 할
일들을 챙기면서 설렁설렁 눈을 껌뻑껌뻑, 시간 도둑들, 늘
그렇듯 설렁설렁은 곧 취소당한다. 벌떡 일어나 티브이 쪽
으로 몸을 기울이며 담배꽁초에 불을 붙인다. 아, 어, 우, 후.
혼자 중얼거리면서 내일의 걱정 따위 까마득히 잊는다. 유
령 하나가 나를 빨아들인다. 유령에게 내가 빨려 들어간다.
순식간에 바뀌는 시간과 공간, 이유 없이 서로 몸을 바꾸는
인물들이 나,를 헤집고 들어온다. 나는 무중력, 어디에도 존
재하지 않는데, 이상하다. 아무 곳에나 존재한다. 새벽이 밝
아올 때까지, 아침이 등짝을 후려칠 때까지.

헛것 하나가 커다랗게 머릿속에 남아 있다. 머릿속을 온
통 채운 채 빙글빙글 돌고 돈다. 죽은 말들이, 흰말, 검은 말,

얼룩말들이 떠내려오는 장면. 네 개의 다리를 하늘로 곧추세운 채 붉은 진흙강을 지나 거리마다 흘러 다닌다. 며칠이나 갈까. 내버려둔다. 곧 잊혀지겠지.

　죽은 말 한 마리 커피잔 속에 떠 있다. 모니터 속에 어지러운 숫자들 너머 말 한 마리 문득 눈을 뜨고 나를 노려본다. 우는 말들이 잠 속으로 떠내려온다. 이미 죽어버린 주제에 울음은 무슨. 나는 상관 않는다. 상관없이 월말, 마감은 다가오고 머릿속엔 죽은 말 무리 썩어 악취를 풍기고. 어디에다 묻을까. 한참을 생각하다가, 마지못해 나는 노트북을 열고

　죽은 말들이 떠내려온다
　끝 보이지 않는 말의 주검들이
　강을 가득 메운 채 느릿느릿
　눈앞을 흘러간다

　흰말, 붉은 말, 검은 말, 얼룩말

물 위에 누워 둥둥 강을 메우는

말의 행렬은 끝이 없다

멈추지 않는다

여기까지 써놓고 턱 막힌다. 이 더러운 말들을 어디다 묻어주랴. 역병이 돌아서 가축들이 죽는다. 소도 죽고 닭도 죽고 말들이 픽픽 쓰러진다고, 떼죽음을 당한다고 신문은 떠든다. 그게 어쨌다고. 이건 단지 영화의 한 장면. 아니 이건 실제 상황이라고 티브이는 나불거린다. 그게 나랑 무슨 상관. 노트북을 쾅 닫아버린다. 미처 못 빼낸 손가락 하나의 멍.

이미 죽거나 죽었어야 할 말 무리 침대 위로 쏟아진다. 말들은 모두 씨를 가졌다. 그래도 여전히 죽은 말들 울음소리 멈추지 않는다. 나는 모른다. 모르겠다. 한참을 머뭇거리는데

홍수가 났다. 피란 가자. 어머니 다급하게 목덜미를 움켜쥔다. 동아줄 같은 빗줄기, 저수지를 뛰어넘은 붉은 물너울 방 안으로 쳐들어온다. 이고 지고 손에 든 몇 가지 세간 함께

산 쪽으로 달리면 게 섰거라 강물도 부리나케 쫓아온다. 미처 간수 못한 세간들을 빼앗고, 뿌리 뽑힌 나무, 돼지와 닭, 덩치 큰 말들을 낚아채며 으르렁거리는 물살이 발뒤꿈치를 문다.

물가에 가지 마라, 하늘이 무너지면 저 말들처럼 떠내려 간다. 뼈도 못 추리고 말 못하는 물귀신 된다. 장대비도 좋고 양동이 비도 좋고 피란이라는 말이 더 좋은 내 엉덩이에 슬 그머니 말꼬리가 돋는다. 이런 구경거리는 흔치 않은데. 어 쩌면 세상이 뒤집어질지도 모르는데, 그러면 심심하지 않은 새 세상이 올 것도 같은데.

구시렁구시렁 속대꾸로 아무도 몰래 물가로 간다. 널뛰는 미친년 같은 물살들을 황홀하게 바라본다. 하늘이 두 조각 나도 무너지지 않으리라던 콘크리트 다리가 댕강 두 동강. 몇 채의 집들 우르르 물속으로 뛰어들자 사람들이 필사적으 로 물 위를 헤엄친다. 사람은 말이 아니다. 아니다. 말이다. 언제 무너질지 모르는 다리 위에서 누군가 긴 사다리를 물 에 던진다. 아비규환의 비명들을 삼키는 성난 물소리.

무너진 다리 위에 앉아서 뜨거운 햇빛 쏟아지는 물거죽을 내려다본다. 물속에서 울음소리 하나둘 걸어 나온다. 걸어 나와 길가의 꽃으로 핀다. 바다로 떠밀리고 강바닥에 가라앉은 목숨들의 육성. 이상하다. 울음은 노래를 닮았다. 격렬하게 끓어올랐다 나지막하게 갈앉았기를 반복하며 굽이굽이 몸속에서 차오르는 그 노래, 뜨겁고 차가운 꽃무리.

몸속에 숨어 있던 조그마한 종들 깨어난다. 땡·땡·땡 쨍·쨍 크고 작은 파장으로 세상을 흔든다. 홍수와 죽은 목숨과 죽지 않는 말들과 노래들을 아주 잠깐 붙들다가 나는, 쓴다, 거침없이.

무너져버린 다리 위에 앉아
말들을 내려다본다

안장과 재갈은 버렸으나
여전히 버리지 못한 무쇠굽 박힌
네 발로 하늘을 가리키며

죽어서야 비로소 물 위를 걷는

말들

하늘을 찌르는 긴 사다리 하나가

우쭐우쭐 강가로 다가온다

ㄱ ㄴ ㄷ ㄹ

춤추는 기호가 허공을 읽는다

우물우물 나도 따라 읽는다

내 입속의 사다리가

강물 속에서 죽은 말들을 끌어 올린다

퉁퉁 물에 불었으나

썩지 않은 말의 주검들

귓속을 메우고 입속을 채운다

죽은 말들이

가슴이 터질 듯 내 안에 쌓인다

〉

한숨을 푹푹 내쉬다가 노트북을 닫는다. 죄 없는 기계들. 빈소엘 가야 한다. 빈소에 가는 일은 힘겹다. 힘겨운 일들이 자주 내 주변에 일어난다. 소도 죽고 말도 죽고 누나도 아버지도 자꾸 죽는다. 위로하는 일에 나는 서툴다. 아무 말도 못하고 그저 죄인처럼 술만 퍼마시다 상가를 나온다.

죽은 말들, 죽었으면서 여전히 죽지 않는 말들이 우쭐우쭐 술 취한 발걸음을 따라온다. 웃음소리가 우는 옷자락을 붙든다. 참지 못하고 또 무안하게 노트북을 연다. 미안하다. 수많은 목숨들에게 미안하다. 누가 자꾸 노트북을 열라고 내 등을 후려치나. 날마다 쌓아올려진 커다란 부끄러움 앞에 누가 날 조그맣게 세우고 또 세워놓나. 바람일까, 꽃나무일까, 내가 감춘 말의 꼬리일까.

기침이 난다 쿵쿵 구역질을 한다

한낮이 캄캄 아득해질 때

누가 떠민 듯

누가 세차게 등을 후려갈긴 듯

나는 노래한다

말갈기를 빗는 바람의 손으로
구름을 걷어차는 말발굽의 힘으로
잠든 길을 깨우는 말울음 소리로

아아어어

나는 중얼거린다. 할 말이 없어서. 나는 중얼중얼 얼버무린다. 할 말이 너무 많아서. 내 중얼거림에 일제히 침묵하는 낡은 의자, 그림자, 벽에 걸린 그림들. 대답하지 않는다. 대답하지 못한다. 이불을 뒤집어쓰고 잠을 청한다. 잠에서 깨어나면 이 중얼거림은 침묵이 되어 있을까.

말 한 마리가 부스럭, 이불을 들추고 일어선다. 말 두 마리가 이불을 걷어찬다, 세 마리, 네 마리…… 수많은 말들이 침대를 뛰어내려 문을 부수고 떼 지어 밖으로 달려 나간다. 천장에서 사다리 하나가 내려온다. 누군가 사다리에 걸터앉아 운다. 맑고 청아한 목소리로 운다. 잠들기는 글렀군, 일어나 불을 켠다. 말의 발자국 가득 찍한 온몸이 가려워온다. 시키지도 않았는데 노트북이 턱, 저절로 열린다.

　나는 쓴다. 아무 그리움 없는 척. 나는 쓴다. 세상 모든 말들의 멸종을 위해. 나는 쓴다. 말의 꼬리를 자르기 위하여, 나는 쓴다. 한 번도 존재하지 않았던, 전혀 새로운 말들이 태어날 때까지.

숫자들

면도를 하다 말고 나도 모르게
헤아리기 시작하는 욕실의

큰 검은 사각형 타일 245
흰 작은 사각형 타일 168
천장의 꽃무늬 타일 349
바닥의 흰 큰 타일 93

꽃 한 송이가 점점 자라나 욕실을 가득 채운다. 욕실을 틀
어막은
거대한 꽃잎들에 깔려 버둥거리다 말고 또다시 나도 모
르게

반듯하게 개킨 선반 위의 수건 7
포장지에 싸인 비누 5
컵에 꽂힌 칫솔 3
그리고 그리고

욕실 창밖 건너편 아파트 창문들
화단에 심어진 꽃들, 나무들
자동차, 쓰레기통 모두 헤아린 후
욕실 문을 나서면
다시 까마득히 잊어버리지만

나도 모르게 다시
아주 오래된 습관으로 헤아리는

지하철 계단 56
1, 2호선 지하철 노선역 49
은행대출금 잔액 49,500,000
김○○씨의 보상금 108,238,000
이의신청 조정마감 10월 23일

엑셀방정식으로 구름을 헤아릴 수 있을까
컴퓨터 자판 몇 번을 두드려
오차 없이 빗방울을 산출할 수 있을까

차단하지 못하는 숫자의 행렬

소멸되지 않는 숫자의 운명

숫자로 걷고 숫자로 잠들고

숫자를 먹고 숫자가 먹여 살리는

나, 숫자로 가득 찬 조그만 기계

혈관 가득 휘도는 숫자로 간신히 살아 있는

오차투성이 숫자인간

가로지르다

엘리베이터를 내려 아파트를 나서면
쏟아지는, 살아 있는 햇빛
베란다에 갇힌 그게 햇빛이냐고
복사집 복사기는 철컥철컥
끊임없이 새 지령들 찍어내고

육교 밑 구두 닦는 아저씨
오늘도 불 뿜으며 퉤퉤 침을 뱉으며
번쩍거리는 구두코 속으로
달려가는 자동차들 모조리 불러 가두면

안녕들 하신지요 모두들
사철 노랑 줄무늬 맥도날드 피에로
마주칠 때마다 눈웃음 날리지만
돌아서면 등 뒤에서 괴물로 돌변
붉은 이빨로 목덜미를 노리지

제 품에 새 한 마리 아직 깃들이지 못한

시청 앞 벚나무 홀로 붉어가고
물러가라 시정하라 자폭하라
삼삼오오 모여 앉아 시위대를 구경하는
노인들 총총 늙어가는데

망설임 없이
대로변 한복판으로 성큼성큼 걸어가
질주하는 차들 향해 주먹감자를 날리고
완강한 직선들로 자라나는 건물들
한 손으로 가볍게 구부려 주저앉힌 뒤

설교와 충고, 조롱과 방언을
정수리, 호주머니, 서류가방에 쑤셔 넣는
저 야윈 광인의 남루는 낯이 익다

어디로 갈까 아무 두려움 없이
시간을 가로질러
아무 그리움 없이 사람과 무덤

꽃들을 가로질러 닿아야 할 곳

여기일까 거기는
거기일까 여기는

왔던 길 되돌아서고
한 번도 가지 않은 길 굳이 짚어 걸을 때

쏟아지는 하늘 닫혀 있는 하늘
함부로 쓰고 버린 그림자들 불쑥
일어서 등짝을 때리는 하루

어둠 속의 독서

책을 덮자
문은 닫히고 시계는 죽고
거울은 벽 속으로 걸어 들어갔다

바람이 쾅쾅 어둠을 못 박는
겨울 한밤중

머리맡의 닫힌 책장을 들추며
책 속의 글자들 기어 나온다.
느릿느릿 꼬물거리는 발자국들
방 안을 가득 채운다.

내가 읽은 건 겨우
등 뒤로 소리 없이 흘러가는
무늬들뿐
닳고 지워져 알아보기 힘든

꽃잎, 칼날

세상 모든 나무를 헤아린 구름
아무것도 가리키지 못하는
손가락들……의 그림자

귀를 닫고 눈을 감추고
내 안에 갇힌 문자들을 읽는다

읽으려 할 때마다 제 몸을 바꾸며
제 모습, 흔적을 들키지 않는
이상한 상형문자들

어둠 속으로 떠오르던 부호들
나비처럼
책의 모서리를 더듬어 앉는다

더듬기만 할 뿐
아무것도 읽어내지 못하는
발자국 하나

어둠 위에 선명하게 찍힌다.

진창과 사막과 황무지, 마른 바다

천지간을 헤매고 다닌
언어의 발바닥은 여전히 희다

산벚나무

저 나무는 온몸이 눈이다
희디흰 눈 온몸으로 뜨고
세상을 내다본다
세상 너머를 바라본다

산중의 흰 눈, 흰 시선에게 쏟아지는
부드러운 눈총과 감탄 못 이기는지
나무는 스스로 제 몸의 눈들을
벗어버린다

화르르 화르르
천지에 휘날리는 나무의 눈
나무의 마음

다가가 그 마음의 그늘에 서는 순간
알겠다 그건 눈이 아니다
눈이 아니라

〉

저 나무는 온몸이 혀다
온몸 가득 희붉은 혀를 매달고도
아무 말 않는
아무 소리 내지 않는 나무의

화려하고 장엄한 침묵

그 수많은 말, 섬세한 혀들을
남김없이 바람에 주고 나서야
나무는 무장무장 하늘을 향해
제 잎들을 피워 올린다

순결한 한 시절의 첫말
날카롭고 싱그러운 노래들

의자 위의 말

그는 죽었다. 월요일 아침 시청 앞 벚나무 아래 플라스틱 의자에 앉은 채 하늘색 셔츠와 감색 바지, 감색 재킷에 회색 민무늬 넥타이, 코끝이 유난히 반짝이는 검정 구두를 신고

콧등과 머리 위에 분홍빛 꽃잎 몇 점이 내려앉아 있었으므로 그는 미처 집으로 돌아가지 못한 지난밤의 취객이거나 버스를 기다리다 잠시 잠든 사람처럼 보여서

지나가던 아이 몇 핸드폰을 꺼내어 그의 사진을 찍었고 서류가방을 든 어른 몇 잠시 혀를 찼으며 지나치는 버스 속 승객들이 차창 너머 졸린 눈으로 그를 내려다보곤 했지만

노란 모자를 쓴 미화원이 그의 구두 근처와 손이 놓여 있는 의자 위 꽃잎들을 건성건성 플라스틱 빗자루로 쓸어내는 동안에도 여전히 낡은 플라스틱 의자에 붙들린 채

정오를 지나 햇빛이 금빛으로 물든 오후가 다가도록 시청 앞의 시끄러운 시위대 행렬과 버스를 오르내리는 승객과 하

릴없이 해바라기하는 노인네들의 행렬 가운데 앉아 있은 후에야

스스로 무릎을 꿇으며 의자 위를 내려와 무겁고 무거운 인사를 벚나무에게 한 후 마침내 할 일을 다했다는 듯 땅 위에 길게 드러누우며

(고삐도 안장도 없는 말 한 마리가 불현듯 의자 위에 나타났다. 묵묵히 숨 쉬는 말의 입속에서 수많은 말들이 태어나 거리를 활보하기 시작했다. 검은 말, 흰말, 얼룩말, 갈색 말, 양복을 입은 말, 상복을 입은 말, 노래하는 말과 저주하는 말, 비명을 지르는 말들이 거리를 가득 채운 채 달려가기 시작했다)

그는 죽었다. 벚나무들 분홍 구름처럼 길 위로 두둥실 떠오르는 봄날의 아침, 수많은 말들을 끌어다 놓은 채 아무 말 없이.

사과의 힘

사과는 늘 거북하다
사과를 소화하는 일은 체질에 맞지 않는다
쉽사리 받아들여지지 않지만
버리기도 힘들어 냉장고에 넣어둔다
떠억 하니 자리만 차지한
허울뿐인 구색

냉장고에 넣어둔 사과는 썩지 않는다
오래오래 버티다 시들 뿐이다
쭈글쭈글 쪼그라든 피부 결마다
엷은 단내를 내뿜는
저 지독한 천성

(무슨 잘못으로 사과는 죄의 첫 번째 얼굴이 되었나. 무슨
잘못으로 나는 폭염과 폭우와 찬서리의 시간들을 포용하지
못하나)

사과를 먹을 때마다

등줄기에 사과나무는 돋는다

사과를 받을 때마다

사과나무 뿌리들은 몸속을 파고든다

내 머리와 가슴 사이 오종종 서 있는

사과나무 한 그루

상처가 곧 꽃이자 열매인

비루먹은 한 매듭의 생애

혼신으로 꺾어 네게 주마

단 한 번 네게 주고

단 한 번 내가 받아야 할 사과의 힘으로

꾸역꾸역 나는 살아 있었다

썩지 않는 사과를 가득 채운 채

늘 깨어 있는 늙은 냉장고처럼

봉두난발

아침 거울 속
봉두난발한 구름 한 점

핏발 선 눈으로 중얼중얼
온몸을 휘도는 취한 말들의
변명으로 몸을 닦을 때

무릇 구름의 일이란

바람을 만나 몸 바꾸기
지상에 그림자를 남기지 않기
혼신으로 태양 가까이 달려가
기꺼이 한 줌 빗물로 쏟아져
지상에 스며드는 일,
속삭이는

거울의 충고 아랑곳 않고
입안 가득 차오른 혀들을 뱉으며

몸속 완강한 뼈들
문득 더듬다

창밖 가득한 꽃잎들에 샛눈 주는
아침 거울 속
벌거벗은 구름 한 점

구름에서 태어나
구름을 먹고 낳고
구름으로 떠돌면서도 여전히
온몸 주렁주렁 매단
서랍들

툭툭 몸속으로 집어넣으며
휘청휘청 햇빛 속으로 나서다

아무도 몰래 얼굴을 찡그리는
유령 같은 구름 한 점

시간의 노을

물 위에 누워 눈을 감는다. 미루나무 한 그루 제 그림자 물 위에 내려놓고 잔물결 길게 흔들어대는 늦여름 오후.

물결에 맡긴 몸 흔들려도 인적 없는 강변의 적요 흔들리지 않는다. 물속인 듯 잠 속인 듯 말갛게 감은 눈 속으로 엷은 붉은 빛 천천히 스며들고 물결, 나무 하늘, 흰 모래사장을 붉게 물들인다.

눈을 뜨자 강물 위로 불이 쏟아진다. 불의 몸, 불의 뼈, 비늘처럼 쏟아지는 불덩어리들, 몸속으로 강물 속으로 날카롭게 와 꽂힌다. 차갑다.

그 불의 몸들, 불의 아이들 송이송이 꽃으로 피어 강물 위를 떠내려간다. 강폭을 가득 메운다. 아아아 노래하지도 우우우 울어대지도 않으며 저녁 어스름을 핏빛으로 물들인다.

뾰로통한 입술을 내밀며 갈대숲에서 일어서는 계집아이 하나. 문득 어깨에 걸린 옷섶 내려 제 풋가슴 보여준다. 꽃망울 닮은 조그만 분홍빛 가슴 따위에 무어 그리 놀라니, 힐책하듯 제 얼굴 가득 웃음을 베어 물다 샐쭉하니 돌아선 계집아이 갈대숲 사이로 재빨리 사라진다.

바람 철썩철썩, 강물 엿보는 여름꽃들 뺨을 때리고 달아난다. 깔깔깔 온몸을 흔들며 웃는 나룻배 밀치며 달아난다. 흰 거위들 마을에서 일제히 날아오르고 세상 바깥을 떠돌던 사람들의 무리, 큰 노랫소리로 강을 거슬러 돌아오고

오래전에 세상을 떠난 누군가의 푸르디푸른 눈빛 하나. 툭, 강물 위로 떨어져 물속 깊이 잠긴다. 소리 없는 동심원으로 성큼성큼 강을 건너가는 노을의 저 단호한 발걸음, 너머로 하나둘 걸어 나온 시간들, 젖은 별빛을 건너간다.

뭉게구름

천사 한 분 저기 일어서시네

산봉우리 너머

거대한 날개 천천히 펼치시네

꽃의 영혼과 물의 심장에서 태어난

눈부신 날개

얼굴을 보여줄 듯 말 듯

자꾸만 뒤돌아서시니

〉

수줍음이 많으신가

발끝에 열리는 하늘

하늘에 걸린 맨발 보여주시네

아이의 가슴, 노인의 걸음걸이로

들끓는 지상에 푸른 발자국

드리우시네

해설

성좌와 우울

박대현 / 문학평론가

나는 쓴다. 한 번도 존재하지 않았던, 전혀 새로운 말들이 태어날 때까지.

— 「나는, 쓴다」 부분

1. 모던, 마법과 지옥

모던한 의미에서 문학의 기원은 언어와 사물의 분열 속에서 시작된다. 언어의 자의식에 의해서 탄생한 문학은 자기 고유의 의미를 새롭게 증명해야하는 운명을 지니게 된 것이다. 사물로부터 떨어져 나온 언어의 자율적 공간. 이 공간의 점유는 시인의 존재 증명이 오직 시인 스스로에게 달려 있다는 것을 의미한다. 그리고 시인은 언어를 통해 세계에 접근하면서도 언어와 세계의 균열을 자각하는 분열증을 앓아야만 했다. 이 분열의 치유를 위해 신비주의적 언어관이 구상되기도 했으나,

언어와 신성이 맞닿는 순간의 실현은 언제나 실패로 귀결되었음은 주지의 사실이다. 그럼에도 불구하고 "시는 존재의 여러 측면들의 신비로운 의미에 대한, 본질적인 리듬으로 환원된 인간의 언어를 통한 표현"(스테판 말라르메)이라거나 "모든 언어는 언어 그 자체를 전달한다"(발터 벤야민)는 주장에서 알 수 있듯이, 언어 신비주의는 열정과 매혹의 대상이었다.

역으로 생각하면 언어 신비주의는 그 이면에 작동하는 언어 회의주의의 증상에 불과한 것이다. 마법의 언어는 닿을 수 없는 천상의 성좌constellation에 지나지 않으며, 우리는 마법을 지닌 언어의 도래가 쉽지 않은 현실에 직면한다. 결국 언어 자체가 곧 정신적 본질이라는 믿음 따위는 언어 회의주의 앞에서 파국을 면치 못한다. 따라서 시인이 마주한 현실은 '말의 지옥'이다. 인간의 언어는 세계의 본질을 드러낼 수 없으며, 항용 버림받은 언어로서 시인의 내면 속에 거주하게 된다. 시인의 언어는 세계와 사물로부터 버림받은 채 언어 스스로의 성채를 쌓을 뿐이며, 시인의 시는 우울한 열정으로 조직된 언어 구성체에 지나지 않는다. "언어는 그 언어에 상응하는 정신적 본질을 전달"하며,

"이 정신적 본질이 언어 '속에서' 전달되는 것이지 언어를 '통해서' 전달되는 것이 아니라는 것을 아는 것이 핵심"이라는 벤야민의 확신은 과연 현실적 효력이 있는 것인가.

그런 점에서 근래의 시는 어느 정도 자기해체적이거나 자기파괴적이다. 시의 해체와 파괴는 언어의 강력한 자기지시적 시선 아래에서 수행된다. 그 시선은 간단히 말해 언어 스스로에 대한 불신 자체다. 김형술의 시 역시 언어에 대한 불신을 지니고 있음은 놀라운 일이 아니다. 언어와 사물의 경계 지점에 서 있는 그는 사물의 세계에 발을 디디려 하는 순간 항상 언어의 세계로 눈을 돌려왔으며, 이와 더불어 '말의 지옥'이 그의 뒤를 따라오곤 했던 것이다. 언어와의 불화는 이미 첫 시집 『의자와 이야기하는 남자』(1995)부터 시작되고 있다. "거리마다 말의 주검들이 걸려 있다/썩어가는 악취를 숨긴 채"(「말 사육법·5―죽은 말들의 사회」). 『무기와 악기』(2011)에서는 어떤가. "허공에 주렁주렁 말들이 매달린다/버스 뒷좌석 함부로 태어난/말들은 아무 곳으로나 달려가/앉는다 눕는다 죽는다"(「말의 지옥」). 언어 회의주의는 그의 시세계를 관통하는 핵심적 사유이면서 인간 주체의 내밀한 형질을 드러내는 시적 증상이다.

　김형술의 시는 언어에 대한 자의식으로 가득 차
있다. 그 자의식의 특이성이란 주체와 언어 사이
에 내재된 어떤 불쾌한 통증의 감각에 있다. 어떤
의미에서 그의 시는 언어의 통증에 대한 사유라고
할 수 있다. 이것은 매우 중요한 자질인데, 통증에
의 사유란 곧 언어와의 화해를 거부하는 것이기
때문이다. 그래서 언어와 시인 사이에는 기묘한
관계가 형성된다. 서로를 소외시키거나 서로에
게 소외되어 있는 관계 말이다. 사실 그 둘은 한 몸
이라서 그만큼 자기분열적이다. 시인은 스스로를
'언어'(말)의 존재로 규정하고 있는데, 하이데거의
언어관과는 전혀 다르게 자신의 언어를 '지옥'으
로 간주하고 있다. 김형술의 시는 특이하게도 그
러한 인식의 통증 그 자체다. 인식의 통증은 모더
니티의 중요한 증상이다. 그렇다면, 그의 시는 '모
던'의 한가운데서 '모던'의 지옥을 견뎌내는 사유
의 흔적이 아닌가.

2. 언어, 통증과 불화

라캉에 따르면 주체는 시니피앙의 연쇄 효과다. 달리 말해 주체는 언어와 한 몸인 것이다. 그렇다면 언어 이전의 주체는 불가능한 것인가. 현대언어철학이 해결해야 할 부분이 바로 그 지점일 텐데, 분명한 것은 언어의 질서와 사물의 질서는 다르다는 사실이다. 아마도 역설이 그러한 흔적일 터. 익히 들어왔던 제논의 역설이나 러셀의 역설은 언어로 구축된 세계가 드러내는 파열의 한 지점이다. 역설의 원인은 아무도 언어로 설명하지 못한다. 그것이 곧 언어의 한계이기 때문이다. 언어의 한계를 언어로 설명하려는 시도는 '언어'의 한계에서 비롯된 파열의 강도를 더욱 증폭시킬 뿐이다. 사물과 언어의 불일치라는 명료한 사태 앞에서 시인은 언어의 한계를 넘고자 하는 충동을 지닌다. 그러한 충동을 지니는 순간 언어의 세계는 지옥이 된다. 언어에 대한 불신은 줄곧 시인의 언어를 간섭하고 언어에 대한 자의식을 고조시키는 동시에 세계와의 단절을 초래하기 때문이다.

나는 중얼거린다. 할 말이 없어서. 나는 중얼중얼 얼버무린다. 할 말이 너무 많아서. 내 중얼거림에 일제히 침묵하는 낡은 의자, 그림자, 벽에 걸린 그림들. 대답하지 않는다. 대답하지 못한다. 이불을 뒤집어쓰고 잠을 청한다. 잠에서 깨어나면 이 중얼거림은 침묵이 되어 있을까.

—「나는, 쓴다」부분

쓰는 행위의 궁극적 지향은 알 수 없을지라도, 쓰는 행위가 주체의 지속력을 강화한다는 사실만큼은 체험적으로 알 수 있다. '시니피앙의 연쇄' 강화는 주체의 존속력과 무관하지 않다. 쓰는 행위로써 주체는 안정감을 얻는다. 혹은 말하는 행위로써 주체의 자기 준거가 확보된다. 그것은 물론 허망한 것이고 헛것이긴 하지만, 연쇄하는 시니피앙의 힘을 빌리지 않고서 주체의 현실 효과가 확보될 리 없다. 주체는 중얼거리는 행위를 반복하며, 중얼거리는 행위를 또한 옮겨 쓴다. 그러나 언어에 대한 불신은 뿌리 깊다. "할 말이 없어서" "중얼거리"지만, "할 말이 너무 많아서" "중얼중얼 얼버무린다". 언어는 헛것에 지나지 않으므로 시인의 "중얼거림"에 사물들은 "일제히 침묵"하고 "대답하지 않"으며, 혹은 "대답하지 못한다".

"중얼거림"과 "할 말"의 불일치는 언어와 의미와 사이의 균열을 드러내는 징후다. 이때 시인의 중얼거림은 저강도의 통증을 동반한다. 그의 시 전체에 깔린 통증의 저류底流는 언어적 자의식에서 비롯된다. 그럼에도 그는 말이 주체를 점령하는 사태에 무방비 상태인데, 시인은 언어에 결박당한 존재인 까닭이다. 그럴수록 언어의 통증은 강해진다. 시인이 유독 혀의 이물스러움에 크게 반응하는 것 또한 이와 무관하지 않다.

구름을 올려다보는
가슴팍을 꿰뚫는
무심하고 또 아득하게
내 눈 속을 들여다보고 있는

저 눈들 누가 도려내어
내 눈 속에 심어놓았나

입속 가득
삼켜지지 않는 혀들
삼켰다고 생각했지만 실은 뱉어버린
물컹물컹한 홍시들

누가 이 악취 가득한 혀들을
내 입속으로 쑤셔 넣었나

내가?
언제?
왜?

—「반성」부분

    '혀'는 곧 언어의 통증과 다르지 않다. 언어를 삼키거나 내뱉는 혀는 "악취 가득한" "흉기"에 지나지 않는다. 혀의 이물감異物感 때문이다. 인용에서 생략하긴 했지만, 그 혀란 '퇴근길'의 혀다. 세속의 언어에 감염된 혀의 근육이 야기하는 불쾌감은 곧 언어에 대한 자의식으로 비롯된다. "내 눈 속을 들여다보고 있는//저 눈들"에 대한 의식 또한 이런 자의식과 무관하지 않다. 김형술의 시는 바로 그러한 언어들에 대한 기록이라고 할 수 있는데, 이미 그는 스스로를 '말'의 형상으로 규정한 바 있었다. "말없이 나를 내려다보는/피골상접한 한 마리 말"(「나는, 말이다」, 『무기와 악기』, 문학동네, 2011). 언어와의 불화는 다분히 언어적 자의식의 고통을 야기한다. 주체가 언어의 산물이므로 언어와의 불화는 곧 주체와의 불화다. 그렇다면 해방구는 어디에 있는가. 언어 바깥의 언어, 혹은 언어를 버린 이후의 세계는 시인의 욕망 한가운데에 자리 잡는다. "입안 가득 차오른 혀들을 뱉으며/몸속 완강한 뼈들/문득 더듬다"(「봉두난발」)라거나 "저 나무는 온몸이 혀다/온몸 가득 희붉은 혀를 매달고도/아무 말 않는/아무 소리 내지 않는 나무의//화려하고 장엄한 침묵"(「산벚나무」)이라는 구절이 이를 말해준다. 언어 이전의 몸, 혹은 침묵에의 침잠은 최근 그의 시가 도달하고자 하는, 오래되고 심원한 영토다. 그곳에는 전혀 다른 차원의 '혀'와 '말'이 존재할 것이다. "누구에게도 길들여지지 않는, 누구도 길들이지 못하는 강물 같은 혀, 물결 같은 말."(「별들은 캄캄하다」) 그곳에 이르는 길은 요원하지만, 이 요원함이야말로 그에게는 시적 충동의 자리다.

3. 시, 해방구의 '불/가능성'

순수한 언어는 관념에 지나지 않는다. 그럼에도 불구하고 언어는 삶의 비의秘意에 접근하는 매개로서의 위상을 지닌다. 그리고 시인은 순수한 언어, 혹은 언어 너머의 언어를 향한 열망에 포획된다. 물론 열망의 강도는 저 이면에 도사린 타락한 언어의 현실로 인해 더욱 강렬해진다. 시인의 '퇴근길'은 그러한 현실을 선명하게 드러낸다. 퇴근길, 그가 하는 일이란 무엇인가. "퇴근길에 호주머니를 비우"거나(「반성」), "지친 혀를 호주머니 속에 감추고 걷는"(「별들은 캄캄하다」) 것뿐이다. 게다가 시인은 '출근길'에 가면persona을 썼다가 '퇴근길'에야 겨우 그 가면을 벗는다. 가면의 언어는 타락한 언어다. 물론 페르소나는 사회적 자아의 정립을 위한 순기능이 있지만, 오늘날의 그것은 자본의 화상火傷으로 가득하다. 융이 말한 진정한 '자기self'와는 더욱 이질적일 수밖에 없는 '거래' 주체로서의 가면은 시인의 내면을 황폐화시킨다.

모든 거래는 제 얼굴을 거는 것

아니 얼굴 없는 몸, 가슴 없는 손의
뒷거래로 얼굴을 숨기는 일

―「가면과의 입맞춤」 부분

    시인은 제 얼굴을 걸고 거래를 하면서도 자신의
얼굴을 숨긴다. 얼굴의 이중성은 곧 얼굴의 분열
을 드러낸다. 출근길 이후의 세계에서 자신의 진
정한 얼굴은 용납되지 않는다. 그러니 그의 하루
는 "얼굴 없는 몸", 혹은 "얼굴 없는 목숨"의 일상
으로 점철된다. 거래를 지배하는 언어 역시 '혀'의
타락을 부추기는 언어다. '가면과의 입맞춤'으로
흘러나오는 언어 속에서 그의 얼굴은 죽어 있거나
("주검과의 조우") 겨우 "가슴께에 매달려 있다". 게
오르그 짐멜을 떠올리지 않더라도, 얼굴은 인간
의 몸 가운데서 인간 영혼의 내적인 통일성을 가
장 잘 보여주는 신체 부위다. 즉, 얼굴은 가장 중요
한 몸의 기호이다. 그러나 시인의 진정한 얼굴은
숨겨져 있고 시인의 언어는 타락했다. 시인의 '거
래'는 시인의 '죽음'과 다르지 않다. 낮에는 죽어
있다가 저녁이면 깨어나는 그의 영혼은, 유령과

같은 존재다. "굳이 들여다보지 않아도 알지/침대 아래 살고 있는/주정뱅이 유령 하나"(「유령놀이」) 그의 시에 간혹 출몰하는 유령의 이미지는 추방된 언어의 우울한 영혼과 다르지 않다. 그러므로 그의 시는 추방된 언어 이후의 세계다. 몰락한 언어의 폐허 위에 존재해왔던 그의 시적 열망이 언어 너머를 향해 있다는 것은 매우 당연한 일이다.

문을 열자 바다였다

바다를 열자 벽이었다

불쑥불쑥 흰 칼날을 들이밀며
마주 누워오는
무겁고 차가운 벽

서슬 푸르게 솟구쳐 올랐다
서슴없이 몸을 던져 허물어지는

허물어져 뒷걸음질 쳤다
달려와 다시 으르릉거리며
기어이 수평선을 딛고 일어서

귀를 찢고 입을 틀어막으며

살아 날뛰는 저 사나운 벽 속에서 달려 나오는
푸른 동맥 툭툭 불거진 거대한 혀

한 번도 답하지 못한
평생 답하지 못할 질문들을 던진다

펄럭펄럭
흔들리는 내 몸속 미친 말들의 집

문을 열자 바다는 없었다
첩첩 어둠을 적시며 걸어오는
축축한 혀들뿐

—「바닷가 여인숙」 전문

    그러나 시인은 "축축한 혀들"의 세계로 되돌아
오고야 만다. 문을 열고 바다를 열어도 시인을 압
도하는 현실은 "무겁고 차가운 벽"이다. "벽 속
에서 달려 나오는/푸른 동맥 툭툭 불거진 거대한
혀"는 결국 언어를 넘어설 수 없는 시적 인식의 한
계를 의미한다. 언어 너머의 공간을 표상했던 바
다는 사라지고 없으며, 시인에게 남아 있는 것은
"펄럭펄럭/흔들리는 내 몸속 미친 말들의 집"뿐

이다("펄럭펄럭/흔들리는"은 "미친 말들의 집"을 지나 '타르초'와 결합된다). 이 세계의 "축축한 혀들"이 시인을 핥고 있고, 그 혀들 중 한 개의 혀가 시인의 입속에도 달려 있는 것이다. 그것은 물론 타락한 혀이자, 인식론적 한계로서의 벽을 의미한다. 벽은 '거울'이기도 한데, "늘 똑같은 풍경을 가둔 채/흔들리지 않는/저 거울의 이름은 벽"(「욕실」)이라는 의미에서 그러하다. 거울은 벽 너머를 상상할 수 없게 만드는 장치라는 점에서 기만적이다. 거울로 이루어진 "유리감옥"(「거울 없는 집」)은 나르시시즘의 세계다. 나르시시즘의 가장 강력한 악의 형태가 파시즘이라는 사실을 떠올리지 않는다 하더라도, 나르시시즘은 자기 허위와 기만에 바탕한다. 따라서 시인이 진정 "읽고 싶은 건 벽"이며, 그가 "닿고 싶은 곳은 벽 속의 도서관"(「벽 속의 사람들」)이다. 도서관은 언어들의 '성좌'다. "나는 벽의 아들/벽은 나의 경전"이며, 벽 속의 "잠들지 않는" "방언들"(「벽 속의 사람들」)을 향한 우울한 열망이 그의 시라고 할 수 있다. 그런 까닭에 벽은 "푸른 벽"(「푸른 벽 속으로」)이 된다. 바다의 '열림'과 벽의 '닫힘'이 결합된 "푸른 벽"은 언어의 '감옥'을 넘어선 해방구의 '불/가능성'을 함축한다.

4. 우울, 천상과 지상 사이의 비린내

「나는, 쓴다」에서 고백했듯이, '쓰기'는 시인의 운명이다. 그러나 '쓰기'의 운명은 '읽기'의 운명을이미 껴안은 상태다. 시인의 읽기는 불온성을 내장한 것인데, 언어 너머를 향한 독법 자체가 이 세계 내에서는 불온한 것이다. 불온한 독법은 불온한 '쓰기'를 야기한다. 상징계의 불온한 파열 속에서 새로운 '쓰기'가 잉태되는 것이다. 따라서 '도래할 책'(모리스 블랑쇼)은 지금 여기에 존재하지 않을지라도 시인의 '쓰기'를 추동한다. '도래할 책'은시인을 감염시키며, 시인의 잠재성 속에서 무한히 펼쳐지는 중이다. 그것은 쓰이지 않았으나 이미 씌어 있는 책이다. '도래할 책'은 언어 너머의세계에서 혁명의 언어로 존재하며 우울한 표정을한 채 이미 시인 곁에 다가와 있다. "머리맡의 닫힌 책장을 들추며/책 속의 글자들 기어 나온다./느릿느릿 꼬물거리는 발자국들/방 안을 가득 채운다."(「어둠 속의 독서」) 그러나 세계는 여전히 어둠 속에 있다. 메시아의 도래는 오랫동안 유예된약속이다. 시인은 유예된 시간을 무기력하게 읽고 있다.

귀를 닫고 눈을 감추고
내 안에 갇힌 문자들을 읽는다

읽으려 할 때마다 제 몸을 바꾸며
제 모습, 흔적을 들키지 않는
이상한 상형문자들

어둠 속으로 떠오르던 부호들
나비처럼
책의 모서리를 더듬어 앉는다

더듬기만 할 뿐
아무것도 읽어내지 못하는
발자국 하나
어둠 위에 선명하게 찍힌다.

진창과 사막과 황무지, 마른 바다

천지간을 헤매고 다닌
언어의 발바닥은 여전히 희다

— 「어둠 속의 독서」 부분

      시인의 무기력이 그대로 전달된다. "언어의 발
바닥이 희다"는 것. "진창과 사막과 황무지, 마른

바다"를 포함한 "천지간을 헤매고 다"녀도 "언어의 발바닥"에 이 세계의 무늬가 전혀 찍혀 있지 않다는 것은 무엇을 의미하는가. 시인의 역능은 언어의 한계 속에서 추락하고 만다. 그의 시가 유독 죽음의 언저리에 가까워지고 있는 것은 바로 이 때문이 아닐까. 그는 이제 "내가 방치한 참담한 무덤들"(「꽃울음」)을 마주 볼 뿐만 아니라, 스스로를 "제가 죽은 줄도 모르는 채"(「좀비들」) 떠도는 좀비들로 간주한다. 언어의 추락은 곧 세계의 상실이자 주체의 죽음이다. 그래서 어느 순간부터 이 시집의 허공과 창틀에 까마귀의 기운이 스미는 일은 매우 낯설고도 자연스러운 일이다.

밤까마귀 운다. 구름에서 날아 나온 까마귀 한 마리 창틀에 내려앉아 실내를 엿본다. 훠이훠이 손사래에도 날아가지 않는다. 눈을 마주쳐온다. 사람을 들여다보는, 사람 너머 먼 곳을 응시하는 까마귀 눈 속 검고 아득한 허공.

—「사월」 부분

죽음은 허공과 맞닿는다. 허공이라는 삶의 허

무. "사람 너머 먼 곳을 응시하는 까마귀 눈 속"에 "검고 아득한 허공"이 맺혀 있는 까닭이다. "늦은 밤 빛나무가 분홍무덤을 낳"고, "까마귀떼를 숨긴 둥근 꽃무덤"이 "밤이 깊을수록 선명해지"듯이, "무덤과 무덤 사이 허공을 걷고 달리"는 것은 이미 죽어버린 자들이 아닌가. 그렇다. 이미 "텅 빈 실내 가득 수많은 까마귀떼 날아와 앉아 있"(「사월」)는 것이다. "꽃의 근원은 지상이 아니"며, "꽃의 자리는 허공이 마땅"하다. "허공에 몸을 던져 이룩하는//완벽한 자유/목숨의 완벽한 완성"(「몸을 던지다」). 시인은 바야흐로 까마귀를 품은 꽃무덤의 형상으로 초월의 궁륭穹窿 위로 올라선다. 그의 시는 이미 '구름'의 기운으로 점염漸染된 상태였다. "구름은 새들의 무덤", 혹은 "주검도 묘비명도 없는 무덤을 제 속에 감춘/구름은 또 무슨 마음이 길래/저리 가벼운가"(「비단길」, 『무기와 악기』, 문학동네, 2011). 이와 같은 울림은 이 시집의 배음背音으로 지속되고 있다. 「구름 쪽으로」, 「구름배낭」, 「나는 비행기다」, 「봉두난발」, 「뭉게구름」으로 이어지는 구름의 현상학은 "묘비명 따위를 가지지 않는/완벽한 가벼움"으로 "찰나와 영원의 경계를 허"물면서(「구름 쪽으로」) 허공 속에 흩어진다.

바슐라르에 따르면, 구름은 '책임 없는 몽상'이라는 심리적 특성을 지닌다. 몽상가는 구름을 통해 자신의 전존재를 완전한 승화에 참여시키는 것이다. 그러나 구름의 '승화'는 현실로부터의 완전한 해방을 의미하지 않는다. 구름으로의 전신轉身은 형태의 지속적인 변화를 의미하지만, 여전히 중력 작용 속에 놓여 있기 때문이다. 구름의 형상은 지구의 자전과 공전, 중력, 대기의 흐름에 따른 지상의 진리를 구현한다. 더불어 "그것은 지속적인 변모 속에 놓인 형태들의 세계이다"(가스통 바슐라르, 『공기와 꿈』, 민음사, 1993). 구름이 보여주는 형태들의 변화는 '부정의 철학'을 드러내는 아름다운 형상이다. 그것은 부동적이고 절대적인 이성을 거부한다. 진정한 진리는 구름과도 같은 '부정성negativity'에 깃든다. 마찬가지로 김형술의 시에서 구름의 진리는 "날마다 죽어/날마다 태어나는/저 완벽한 생애"(「구름 쪽으로」)라는 부정성의 형상을 지향하면서도 지상의 현실을 지속적으로 소급하고 있다.

신발 한 짝이 툭, 하늘에서 떨어진다
신발 한 켤레가 투둑, 이마를 친다

굽 닳고 볼 틀어진 수천 켤레의 작업화

낮은 구름에서 쏟아지기 시작한다

(중략)

여전히 파업 중인 바닷가의 조선소

골리앗 크레인 위에 사는 사람들이

기름투성이 신발들을 지상으로 던진다

흰 맨발 하나가 툭, 하늘에서

떨어진다

—「장마」 부분

시인은 '구름'으로부터 파업노동자의 현실을 강하게 환기해낸다. "흰 맨발 하나가 툭, 하늘에서/떨어진다"는 것. 지상으로 무겁게 하강하는 구름의 '리얼리티'는 시인의 내면에 파열음을 남긴다. "무릇 구름의 일이란/바람을 만나 몸 바꾸기/지상에 그림자를 남기지 않기/혼신으로 태양 가까이 달려가/기꺼이 한 줌 빗물로 쏟아져/지상에 스며드는 일"(「봉두난발」)이 암시하듯, 그 파열음이란 천상과 지상의 간극에 시달리는 주체의 분열

을 의미한다. 이로써 언어와 세계의 분열은 천상
과 지상의 분열에 교직된다. 자기 분열은 자의식
의 심연 속에 끌어올린 수치심을 선물한다. 그것
은 언어적 자의식에서 비롯되는 통증과 다르지 않
다. 시인은 분열의 통증을 껴안은 채 천상과 지상
의 경계를 바람처럼 떠돈다. 천상에 속하지도 지
상에 속하지도 않은, 혹은 그 둘 모두에 속해 있
는, 그러나 사생아와 같은, 그 무엇.

나는 구름의 사생아 바람의 쌍생아
가벼우면서도 무겁고
너무 무거워서 마침내 가벼워지는
후안무치, 이상한 날것.

—「나는 비행기다」 부분

  사생아에게 있어서 존재의 근원은 명료하지 않
다. '나'의 근원은 천상인가 지상인가. 그 사이를 떠
도는 바람이다. 그래서 '나'는 "바람의 쌍생아"이
며, 가벼우면서도 무겁고 너무 무거워서 마침내
가벼워지는 존재가 된다. 모든 진리는 태생적으

로 사생아다. 근원을 알 수 없는 것, 혹은 알 수 없는 것이어야 하는 것. 그러므로 '나'는 진리의 "사생아"로서 '후안무치'를 견뎌내야 하는 것이다. '수치심의 부재'라는 수치심의 반복. 시인은 수치심을 가까스로 떨쳐낸 후안무치를 여전히 견뎌내야 한다. 시인의 수치심은 수치의 대상만은 아니며, 시인의 존재론적 조건인 것이다. 이러한 역설적 견딤은 익숙지 않은 '날것'의 비린내를 풍긴다. 천상과 지상 그 어디에도, 온전히 속하지 못한 존재의 비린내. '날것'(비행체)의 '날것' 냄새. 그렇다. 모든 진리는 사생아이고 날것의 비린내다. 혹은, 날것의 깊은 우울.

5. 타르초, 시의 성좌들

세계와 언어의 불일치라는 인식의 한계 앞에서 시인은 언어 스스로가 세계가 되는 순간을 열망한다. 이러한 열망이 언어에 마법성을 부여한다. 이 마법성은 인류 타락 이전 '아담의 언어'를 향한 향수에서 비롯된다. 발터 벤야민이 언어에 마법성

을 부여하는 동시에 언어의 물질성을 강조한 것
역시 저 열망과 무관하지 않을 것이다. 물질로서
의 언어는 의미에 전혀 오염되어 있지 않다. 따라
서 그것은 참다운 진리가 거주할 수 있는 공간으
로서의 언어다. 바로 여기서 문자의 신성성이 발
현되며, 이는 곧 경전의 문자가 주는 매혹과 다르
지 않다.

　시인의 시선은 어느새 '타르초'를 향해 있다. 티
베트 불교의 경전을 인쇄한 깃발. 그것은 히말라
야 산맥의 바람 속에서 펄럭이는 문자들에 불과하
지만, 시인의 내면이 목도한 '구제'의 형상이기도
하다.

빨랫줄에 걸린 빨래를 입는 건 햇빛
아이를 입고 노인을 입고
어머니와 애인과 아내를 입고
발자국 없는 햇빛이 허공을 걸을 때

빨랫줄에 걸린 사람들을 읽는 건 바람
노래, 한숨, 비명, 침묵이라는
세상에서 가장 두텁고 무거운 책
한 올 한 올 읽고 한 벌, 두 벌 읽어
기꺼이 하늘로 풀어 올리네

구름 사이 햇빛의 보폭을 쫓아
세상 모든 숨은 목숨들 헤아리는
저 가벼운 바람의 독서

어떤 날은 읽히고
어떤 날은 캄캄한
청맹의 나날, 열독의 시간 사이로

펄럭이는 목숨들
출렁이는 노래들을 매달고
달려가는 빨랫줄의 팽팽한 질주

굳이 소리 내어 읽지 않아도
어딘가에 따박따박 새기지 않았어도
타르초, 타르초 네 몸이 깃발
먼 설산 신성한 경전이라 속삭이는

빨래를 걷는 일은 하늘에의 경배
까치발을 딛고 활짝 두 팔을 벌려
햇빛과 바람 쪽으로 오체투지

그리고 날마다
새롭게 태어나는 생애들

　　— 「타르초, 타르초」 전문

위 시에서 가장 중요한 말은 '독서'다. "구름 사이 햇빛의 보폭을 쫓아/세상 모든 숨은 목숨들 헤아리는/저 가벼운 바람의 독서". 바람이 읽어내는 그 무엇은 "노래, 한숨, 비명, 침묵"을 지나오고 있다. "청맹의 나날, 열독의 시간" 속에서 읽어낸 그 무엇은 '타르초'에 경전으로 박혀 있다. 햇빛과 바람이 만들어낸 타르초 안에서 "날마다/새롭게 태어나는 생애들"이란 얼마나 무겁고도 가벼운 것인가. 타르초는 진리가 머무는 자리다. 그러나 벤야민에 따르면, 진리란 "이념들로 형성된 무의도된 존재"이며, "이념들은 영원한 성좌들"이다. 성좌에 머무는 이념들은 '의도'의 죽음 자체다. 그러므로 '성좌'로서의 텍스트는 "표현적 매체라기보다 물질적 예식이요, 경전과도 같은 교섭 역장力場이요, '독해'되는 대신 성찰되고 주문처럼 외워지고 예식에서 다시 조합되어야 할 기호들의 난해한 배치다."(테리 이글턴) 그것은 실정적positive 성좌를 지향하지만, 여전히 부정적negative인 상태로 머무는 성좌다. '햇빛'이 "아이를 입고 노인을 입고/어머니와 애인과 아내를 입"거나, 타르초 앞에서 "날마다/새롭게 태어난다"는 것은 바로 이를 의미하지 않는가.

새로운 탄생을 향한 욕망은 자기 수치심과 관계한다. 수치심은 혹독한 자기 윤리의 증상이며, 수치심이 없는 주체는 병적病的인 주체다. 다시 말해 수치심은 윤리적 주체의 본질이다. 자의식이 강할수록 수치심은 내면 깊숙이 뿌리내린다. 수치심의 강도에 비례하여 성좌는 인간으로부터 더욱 멀어지고 성좌를 향한 우울한 열망은 더욱 강렬해지는 것이다. 그러나 매우 드물게 성좌가 지상에 착근한 경우도 있으니, 이것이 시의 환상이 주는 매혹이 아니고 무엇이겠는가.

저 나무는
제가 전생에 물고기였음을 이미
알고 있었다

저잣거리 한가운데 서서
있는 듯 없는 듯
묵언수행이더니

어느 아침
온몸에 흰 비늘을 달았다

화안한 한낮이 며칠
물속인 듯 출렁이더니

나무 어느새 햇빛 속을 유영한다

휘르륵 휘르륵
세상으로 날아올라 흩어지는
나무의 몸
희붉은 비늘들

사거리
신호등 곁 늙은 벗나무 이제
앙상하게 검은 뼈마디만으로
한창인 봄을 일으켜 세운다

뼈마디 사이사이
연초록 핏방울 투둑투둑
일어선다

―「물고기나무」전문

　　나무는 지상과 천상을 잇는 세계수로서의 의미
를 가지고 있으나, 살肉이 주는 육체성의 감각은
결여되어 있었다. 그러나 이 시는 물고기와 나무
를 하나의 이미지로 조형함으로써 지상의 육체성
을 보다 강화하는 데 성공하고 있다. 이질적인 두
사물의 융합은, 그러나 고정된 형태의 이미지로

남아 있지 않다. 그것은 생성과 소멸의 변증을 드러내는데, 봄의 생명력으로 생성되는 동시에 허공으로 흩어지는 이미지의 조형이 그렇다. "휘르륵 휘르륵/세상으로 날아올라 흩어지는/나무의 몸/희붉은 비늘들"이라거나 "뼈마디 사이사이/연초록 핏방울 투둑투둑/일어선다"는 시적 진술은 예술이라는 가상의 '성좌' 속에 작동하는 진리의 '환상적' 구현이다. '환상'이라고 규정하는 이유는 진리는 언제나 미끄러지듯 달아나기 때문이다. 그래서 성좌는 언제나 멀리서만 빛날 수밖에 없는 것이다. 여기서 다시 언어에 대한 자의식, 혹은 수치심이 돋아날 수밖에 없다면, 이는 항용 말해왔듯 시인의 운명이 아닌가.

김형술의 시에서는 자기지시적 언어, 혹은 주체의 메타적 성찰이 윤리의 심급을 이룬다. 시적 윤리는 자명한 현실을 겨눈다. 현실효과적인 측면에서 주체의 확실성만큼 자명한 것은 없다. 그것이야말로 허상임을 인식하는 것에서 주체의 윤리학이 시작된다. 그러나 김형술은 주체의 해체로 나아가지 않는다. 그것은 시인의 생리와 맞지 않다. 그는 주체의 형상을 가까스로 유지하되, 균열의 힘이 내적으로 작동하는 동통疼痛을 감각하고 있는데, 그의 시 '쓰기'는 그러한 동통을 반복적으로 감각하는 일이다. 언어를 사유하되 언어를 불신하고, 언어를 불신하되 언어에 의지한다. 더 나아가 그는 주체를 불신하되 주체의 감각을 치열하게 유지한다. 요컨대 그의 언어와 주체는 '견디는' 방식으로 사유되고 있는데, 그 '견딤'이 그에겐 살아 있다는 감각 그 자체다. "오직 무거운 욕망으로 피었다/지워질 우리들의 한 생애, 그러나/심장에, 맥박에 뛰는 황홀한 리듬 아직은/표정 없는 권태 속에 살아 있으니"(「가벼운, 무거운」, 『의지와 이야기하는 남자』, 세계사, 1995)라고 썼던 그의 우울한 긍정은 '쓰기'의 형태로 여전히 지속되고 있는 것이다. 멀리서만 빛나는 "전혀 새로운 말들", 시의 '성좌'를 위해, 말의 지옥 속에서.

나는 쓴다. 아무 그리움 없는 척. 나는 쓴다. 세상 모든 말들의 멸종을 위해. 나는 쓴다. 말의 꼬리를 자르기 위하여, 나는 쓴다. 한 번도 존재하지 않았던, 전혀 새로운 말들이 태어날 때까지.

—「나는, 쓴다」 부분

문예중앙시선 42

타르초, 타르초

초판 1쇄 발행 | 2016년 1월 20일

지은이 | 김형술
발행인 | 노재현
편집장 | 박성근
마케팅 | 김동현, 이진규, 한아름

발행처 | 중앙북스(주)
등록 | 2007년 2월 13일 (제2-4561호)
주소 | (04517) 서울시 중구 순화동 1-170 에이스타워 4층
구입문의 | 1588-0950
홈페이지 | www.joongangbooks.co.kr

ISBN 978-89-278-0721-6 03810

■ 이 시집은 2014년 서울문화재단의 문학창작집 발간 지원사업의 지원을 받았습니다.